AF1070066

www.ingramcontent.com/pod-product-compliance
Lightning Source LLC
LaVergne TN
LVHW010221070526
838199LV00062B/4680

چِتّوڑ کی رانی پدمنی

کا افسانہ

مصنف:

محمد احتشام الدین دہلوی

© Taemeer Publications

Chittoor ki rani Padmini ka afsana

by: Mohd Ehteshamuddin Dehlvi

Edition: March '2023

Publisher & Printer:

Taemeer Publications, Hyderabad.

ISBN 978-81-19-02250-2

```
9 788119 022502
```

© تعمیر پبلی کیشنز

کتاب	:	چتوڑ کی رانی پدمنی کا افسانہ
مصنف	:	محمد احتشام الدین دہلوی
صنف	:	تحقیق
ناشر	:	تعمیر پبلی کیشنز (حیدرآباد، انڈیا)
زیر اہتمام	:	تعمیر ویب ڈیولپمنٹ، حیدرآباد
سالِ اشاعت	:	۲۰۲۳ء
تعداد	:	(پرنٹ آن ڈیمانڈ)
طابع	:	تعمیر پبلی کیشنز، حیدرآباد –۲۴
صفحات	:	۱۵۴
سرورق ڈیزائن	:	تعمیر ویب ڈیزائن

افسانۂ پدمنی

چِتّوڑ کی رانی پدمنی سے سلطان علاء الدین خلجی کے
عشق و اشتیاق کی داستان
اور اس کی مورخانہ تحقیق و تنقید!

از:

محمد احتشام الدین دہلوی ایم۔اے (علیگ)

۱۹۳۹ء (دہلی)

دیباچہ

اس کتاب کے ابتدائی ابواب ۔ حضرت امیر خسرؤ کے بیانِ واقعہ تک ۔ ایک سالہ میں جو پندرہ برس ہمّے لاہور سے بنام "بہارستان" نکلا تھا بالاقساط شائع ہو چکے ہیں اُس وقت جو کچھ رسالے میں شائع ہوا تھا اس سے یہ مجموعہ سے تھے چند سے کم نہیں ۔ بالاقساط لکھنے کی وجہ سے کچھ کمزور مضامین و دنماہو گئی ہو یہ عیب ہے مگر یہ مطالعہ میں فراہمی سہولت اور یاد دہانی مابسق کی خوبی سے خالی نہیں ۔

نی المحقیقت یہ کام یونیورسٹی کے قابل پروفیسران تواریخ کے کرنے کا تھا لیکن بہارستان میں اس بحث کو چھیڑ لینے کے بعد بھی پندرہ برست تک نہ کوئی اس کی افادیت کی طرف متوجہ ہوا نقیقے کے امکان و عدم امکان کے جتنے پہلو ہو سکتے تھے ان کے تقصا کی طرف مائل ۔ آخر یہ کام خود ہی کرنا پڑا اور اب یہ بحث مکمل ہے ۔

بحثِ بیان قصہ اور اصل واقعہ کی سرِغرامانی اور زبالہ گیری کے ضمن میں بہت سی نادر تاریخی روایات جا بجا آگئی ہیں جن سے یہ تحقیقات ازاول ما آخر ایک نیا دلچسپ قصہ بہذا انظر افروز مطالعہ بھی ہوا اس کا قابل کہ تاریخ کے نصاب میں جگہ پائے ۔

تاریخ فرشتہ جس کے حوالہ جات نقل ہمّے ہیں نولکشور کے مطبع میں بار بار طبع ہو چکی ہے اس کی کوئی بار مطبع کا نسخہ تھا یا دہنیں رہا کو دہ نسخہ میرے پاس جا رہا باہر

محمد احتشام الدین دہلوی ایم ۔ اے ملیگ جولی ممتی اکرام الدین خان ملی

بسم اللہ الرحمن الرحیم

قصۂ پدمنی کی شہرت

ہندوستان کے اُن افسانوں میں جن کی بناوٹ میں تاریخ کے تاروں کی بلاوٹ اور ان سے کام، پودے میں واقعات کو تخیلات اور رنگین بیانیوں کے ساتھ آمیزش دے کر افسانہ بنایا گیا ہے پدمنی اور علاء الدین کا قصہ غیر معمولی شہرت رکھتا ہے۔ دونوں نام لازم اور ملزوم ہوگئے ہیں ایک کے ساتھ دوسرے کا خیال لازم آگیا ہے۔ جو دراصل ان ناموں کے مسئاؤں کو زندگی میں کبھی نصیب نہ ہوا بیان کیا جاتا ہے مرے کے بعد اُن کے ناموں نے ہم آغوش ہو کر اس کی تلافی کر دی ہے عشق و عاشقی کے نقطۂ خیال اور شعر و شاعری کی نظر سے یہ بھی ایک بڑی کامیابی ہے ۔ لب، جاں بخش کے بوسہ لیں گر خاک میں مل کے یہ

قصّے کے ماخذ

لوگوں نے ان ناموں پر قصّے کہانیاں ناول اور مثنویاں اردو ہندی اور فارسی میں بنالی ہیں بنگالی مرہٹی گجراتی بھی اس افسانہ کے قصّے کہانیوں سے خالی نہیں۔ ہندی میں پدماوت نام مثنوی شیر شاہ سوری کے عہد میں ملک محمد جائسیؒ۔ جائس ملک اودھ کے متوطن، ایک صوفی بزرگ عالم علوم عربی و فارسی و ہندی و سنسکرت نے تخمیناً چھ ہزار بیت میں نظم کی ہے اُردو میں اس کا منظوم ترجمہ اسی نام سے ضیاء الدین نام عبرت تخلص ایک شاہجہاں آبادی موطن، بریلی مدفن نے بریلی کے روساء وقت کی فرمائش سے تیرھویں صدی ہجری کے آغاز سے پہلے یعنی مثنوی میر حسن کی بھی اشاعت سے کچھ پیشتر کیا تھا اور عرصہ ہوا چھپ بھی چکا ہے فارسی میں ہندی پدماوت کو ایک ایرانی مقیم شاہجہاں آباد نے بعہد فرخ سیر منظوم کیا تھا جس کا ایک قلمی نسخہ دہلی کے کتب خانۂ عام ہارڈنگ لائبریری میں موجود ہے۔ انگریزی میں کرنل ٹاڈ مؤلف تاریخ راجستان نے اس قصّہ کو کھمان راسا یعنی اُدے پور (میواڑ) یادگار خاندان چتوڑ کے قومی شاہنامہ سے اخذ کرکے بڑی آب و تاب کے ساتھ نقل کیا ہے۔

پنجاب میں ایک تکمیل افسانہ نویس نے جن کا لقب "جادو نگار" بقلم خود سرِ ورق پر مرقوم ہے ایک ناول اُردو میں پدمنی نام مرتّب کرکے شائع کیا ہے جس کا مأخذ شمس العلماء، مولوی محمد حسین آزاد، صاحبِ آبِ حیات کی تالیف، قصصِ ہند معلوم ہوتی ہے۔ آزاد کے بعض الفاظ اور فقرات بجنسہ کام میں لائے گئے ہیں۔ مختلف تواریخ میں جن کی تالیف زمانہ حال کی ہے خواہ کسی زبان کی ہوں اس قصے کا تھوڑا بہت مذکور ضرور موجود دیا پایا جاتا ہے۔ اُردو کے بزرگ ترین مؤرخ شمس العلماء، مولوی ذکاء اللہ خان بہادر نے بھی اپنی مبسوط تاریخِ ہندوستان میں اس قصے کا خلاصہ عہدِ علاء الدین کے واقعات کے سلسلے میں درج کیا ہے لیکن آخر میں اس رائے کا اظہار بھی کر دیا ہے کہ :- اس کی شان تاریخی واقعہ کی نہیں افسانہ معلوم ہوتا ہے! مؤلفِ تاریخ ترکتازانِ ہند (فارسی) نے بھی اس قصے کو نقل کرکے عقل سے کام لیا ہے اور اعتراض کیا ہے کہ علاء الدین جیسے سلطان ذی شان کی شان سے یہ امر بعید معلوم ہوتا ہے کہ اُس نے غیر کی زوجہ پر اپنی نیّت بد کی ہو، اس طرح اس قصے کا افسانہ محض ہو نا بعض ذمہ دار مؤرخین کو پہلے بھی کھٹکتا ضرور رہے لیکن کسی نے اس کی تحقیق کی طرف توجہ نہیں کی۔ متقدمین سے صرف فرشتہ مؤرخ نے اس قصہ کو اپنی مشہور فارسی تاریخ میں درج کیا ہے لیکن منو و ستان

کی اُردو دنیا میں آج یہ قصہ اسی طرح مشہور ہے جیسا کہ آزاد صاحب آبِ حیات نے قصصِ ہند میں لکھ دیا ہے جو مدارس میں سالہا سال درسی کتاب رہی ہے اور آزاد کی رنگین بیانی کی وجہ سے خارج از مدارس بھی شوق سے پڑھی جاتی ہے چنانچہ اس کی روایت عام ہوگئی ہے لہٰذا قصے کی چھان بین اور تنقید سے پیشتر ہم اس کا ضروری اقتباس قصصِ ہند سے ذیل میں درج کرتے ہیں، آزاد کا عنوانِ بیان یہ ہے:۔

"رانی نے جوہر کر کے خاندان کی آن پر جان قربان کر دی۔"

اِس عنوان کے تحت مولانا آزاد لکھتے ہیں کہ:۔

"علاء الدین خلجی سلطانِ دہلی کو کسی خوشامد خورے نے خبر دی کہ چتوڑ کے راجہ کے محلوں میں ایک رانی پدمنی نام ہے کہ حسن و جمال میں دن کو مہرِ نیم روز اور رات کو ماہِ تمام ہے بادشاہ یہ سنتے ہی مشتاق ہوگیا لشکر کی تیاری کا حکم دیا اور خود فوج لے کر چتوڑ پر چلا۔ چند لڑائیوں کے بعد راجہ مقابلہ کی تاب نہ لا سکا۔ بہت سے پیام سلام کے بعد یہ ٹھہری کہ بادشاہ خود قلعہ میں جائے پدمنی آئینہ میں

اپنی صورت دکھا دے اور صلح ہو جائے۔ بادشاہ چند امیروں
کو ساتھ لے کر قلعہ میں گیا دونوں تاجدار اکیلے بیٹھے آگے
آئینہ رکھا گیا اور وہ عالم تصویر گھونگٹ نکالے خنجر آبدار
ہاتھ میں لیے پیچھے آکر کھڑی ہوئی۔ اس کے جمال کو دیکھ کر
بادشاہ آئینہ کی طرح حیران رہ گیا بلکہ اشتیاق کا شعلہ
ایسا بھڑکا کہ عہد و پیمان کو وہیں طاق پر رکھا اور راجہ کو باتوں
میں لگائے ہوئے اپنے ساتھ ساتھ قلعے کے باہر تک لے
آیا اور یہاں پہنچتے ہی فوراً قید کر لیا۔ راجہ بیچارہ پھندے
میں پھنس گیا۔ بادشاہ اسے دلی لے آیا اور یہاں آکر پھر اس
پر تشدد کیا کہ رانی کو بلا دے۔ قید بری بلا ہوتی ہے ناچار
بیچارے نے منظور کر لیا اور جو قول کے پورے پہاڑوں میں
اڑے بیٹھے تھے ان کو کہلا بھیجا کہ رانی کو بھیج دیں۔ راجہ کی
ایک بیٹی بڑی عقلمند تھی سب نے اسی کی رائے کو پسند
کیا یعنی پدمنی کے عوض سولہ سو سورما اور منچلے بہادر ڈولیوں
میں بیٹھ کر روانہ ہوئے۔ جب شہر دہلی دو کوچ رہا تو دفعتاً

دو منزلہ کرکے شہر میں داخل ہوگئے۔ غل پڑ گیا کہ رانی پدمنی
کی سواری آگئی! مگر پالکیاں قلعے کے نیچے پہونچتے ہی
سارے راجپوت تلواریں گھسیٹ ڈولیوں اور پالکیوں سے
کوذ بجلی کی طرح قید خانے پر جا گرے اور جو سامنے آیا اُسے
مار گرایا راجہ کا طوق و زنجیر کاٹ کر گھوڑے پر چڑھا سب
نے گھوڑے چمکائے اور پارے کی طرح اُڑ گئے۔
یہاں بادشاہ خوش بیٹھا تھا جو دفعتاً غل اُٹھا۔ سنتے ہی بادشاہ
کے ہوش اُڑ گئے! حکم دیا کہ پر لگا کر اُڑ کر جاؤ اور جس طرح
ہو راجہ کو پکڑ لاؤ!!
غول کے غول سواروں کے گئے کئی جگہ تلوار بھی چلی مگر
راجہ گرتا پڑتا اپنے ٹھکانے جا ہی پہونچا یہاں بادشاہ کے
دل کو قرار کہاں تھا پھر فوج لے کر آپ پہونچا اور جاتے
ہی چتّوڑ کو چاروں طرف سے گھیر لیا۔ راجہ نے بھی باہر نکل
کر خوب خوب مقابلے کیے۔ مگر کہاں تمام ہندوستان کا
تاجدار اور کہاں چتّوڑ کا باجگزار! جوان جوان بیٹے سامنے

مارے گئے بڑے بڑے سورما کٹ گئے جب سب طرف سے
آس ٹوٹ گئی تو ایک بیٹا باقی رہ گیا تھا اُس کو بلا کر کہا کہ
تم یہاں سے کسی طرف کو نکل جاؤ کہ نسل تو قائم رہے! بعد
اُس کے پدمنی کو بلایا اور دیکھ کر آنکھوں میں آنسو بھر لایا۔
ہرچند کہ وہ عورت تھی مگر بڑی رمز شناس تھی اُس نے
اسی وقت لکڑیاں منگوا کر سات چتائیں چُنوائیں تمام خاندان
کی عورتیں اور بڑے بڑے سرداروں کی بی بیاں آئیں
سر سے پاؤں تک چادر اوڑھے، گھونگٹ نکالے، پھولوں
کی ایک ایک مالا گلے میں، رام رام کی سمرن کرتی ہوئی
چتاؤں کے گرد کھڑی ہوئیں۔ ہر ستونتی لاج کی ماری ایک
سے ایک آگے بڑھتی تھی اور پروانے کی طرح اُس بھڑکتی
آگ میں گر گر آن کی آن میں جل مرتی تھی! قلعہ فتح ہوتے
ہی بادشاہ اندر پہونچا اور پدمنی کا محل دریافت کیا۔ ایک
راکھ کے ڈھیر پر چند عورتیں بیٹھی رو رہی تھیں انھوں نے
ایک مٹھی بھر خاک اُڑا کر بتا دیا کہ پدمنی اِس ڈھیر میں جل کر

خاک ہوگئی! بادشاہ قلعے کا انتظام کرکے پدمنی کا داغ حسرت
لئے ناکام دہلی واپس آگیا۔" (ماخوذ از قصص ہند)

آزاد متاخرین میں ہیں لیکن محتاط مورخین میں ان کا اعتبار زیادہ نہیں ہے پدماوت، کھمان راسا اور فرشتہ یہی تین ماخذ اس قصے کے پائے جاتے ہیں ان کی روایت سے آزاد کی حکایت کو مقابلہ کرنے سے واضح ہوتا ہے کہ آزاد کی حکایت بھی انہی سے ماخوذ ہے جس کو انھوں نے اپنی رنگین بیانی کا لون مرچ لگا کر مزیدار بنا دیا ہے بلکہ تھوڑا سا نیبو مزید ذائقے کے لئے نچوڑ کر چٹخارے دار کر دیا ہے۔ آزاد کے یہ فقرات کہ "کسی خوشامد خورے نے بادشاہ کو خبر دی" "راجہ کی ایک بیٹی بڑی عقلمند تھی"، "جو قول کے پورے پہاڑوں میں اڑے بیٹھے تھے"، "راجہ طوطے کی طرح پنجرے سے نکل کر بھاگا" فرشتہ کے ان فارسی فقرات کے ترجمے ہیں کہ "بسمع بادشاہ رسانیدند" "راجہ دخترے عقلمند داشت" "اہل و عیال راجہ کہ بکوہستانات محکم پناہ بردہ بودند" "راجہ ہمچو مرغے کہ از قفس بجہد" اسی طرح بعض اور فقرات سے پتہ چلتا ہے کہ کرنل ٹاڈ کا بیان بھی آزاد کی نظر سے گزرا ہے۔ اس فقرے میں کہ چند بوڑھیاں

ایک راکھ کے ڈھیر پر بیٹھی رو رہی تھیں انھوں نے ایک مٹھی راکھ کی اوڑا کر بتا دیا کہ پدمنی اس ڈھیر میں جل کر خاک ہوگئی۔" مثنوی پدماوت کی اُن ہندی ابیات کا خاکہ آزاد نے اُڑایا ہے جن کا مطلب یہ ہے کہ بادشاہ نے جب سنا کہ پدمنی جل کر خاک ہوگئی تو ایک مٹھی خاک زمین سے بھر کر ہوا میں اُڑا دی کہ یہ دُنیا اور حاصل کارِ دُنیا تمام ایسے ہیچ اور برباد ہے! بادشاہ کے ساتھ جو چند ہمراہی تھے انھوں نے بھی ایک ایک مٹھی خاک اُڑا کر بادشاہ کے فعل کی تقلید اور اس کی رائے سے اتفاق کا عملی اظہار کیا۔[لہ] مثنوی کی ہندی ابیات کا مطلب آزاد کو سمجھنے میں دشواری ہوئی اس کا اقرار ان کی تالیف آبِ حیات کی عبارتِ ذیل سے مترشح ہے کہ وہ مثنوی کی ہندی زبان سمجھنے سے معذور تھے چنانچہ آبِ حیات میں لکھتے ہیں کہ:-

"سولھویں صدی عیسوی میں شیر شاہی عہد میں ایک شاعر ملک محمد جائسی نام ہوا جس نے پدماوت کی داستان نظم کی۔ اُس سے عہد مذکور کی زبان ہی سمجھ میں نہیں آتی ہے بلکہ ثابت ہوتا ہے کہ مسلمان اس ملک میں رہ کر یہاں کی زبان

لہ دیکھو صفحہ ۲۸ سطر ۱۲

کو کس پیار سے بولنے لگے ہیں! اس کی بحر بھی ہندی رکھی ہے
ورق کے ورق اُلٹتے چلے جاؤ فارسی عربی کا لفظ نہیں ملتا
مطلب اُس کا آج مسلمان بلکہ ہر ایک ہندو بھی نہیں سمجھتا۔"

آخری جملہ سے معلوم ہوا کہ آزاد نے مثنوی کا مطلب ٹوٹا پھوٹا سمجھنے پر اکتفا کیا تھا اسی وجہ سے بادشاہ اور اس کے ہمرکاب عمائد کا مٹھی مٹھی بھر خاک بھر کر اڑا دینا چند بوڑھی عورتوں سے آزاد کے بیانِ قصہ میں منسوب ہو گیا ہے بہر حال ان کا بیان فرشتہ کرنل ٹاڈ اور مثنوی پدماوت سے ماخوذ و مرتب ہوا ہے اور باقی اُن کی ایجاد بندہ ہے اُن کا قاعدہ تھا کہ جب کسی واقعہ کو لکھتے تھے تو اوّل اس واقعہ کا تصور میں سماں باندھتے تھے۔ واقعہ سے متعلق اشخاص کو اُن کی جگہ پر قائم کرتے، ہر ایک کی زبان سے حسب موقعہ و محل گفتگو اور سوال و جواب ادا کراتے اور اس طرح روئداد واقعہ کی ذہن میں پوری تصویر کھینچ کر اس کا نقشہ قلم سے کاغذ پر اُتارتے، یہی عملدرآمد انھوں نے اس قصہ کی روایت کے ساتھ کیا ہے اور ایک دلچسپ اور رنگین بیان لکھ مارا ہے جس میں بہت سی باتیں ایسی آگئی ہیں جن کا اُون کے ماخذوں تک میں پتہ نہیں!

تنقید بیان مثنوی پدماوت

مثنوی پدماوت شیر شاہ کے عہد میں تصنیف ہوئی تاریخ فرشتہ جہانگیر کے آخر عہد میں مکمل ہوئی کھمان راسا کو اگرچہ کرنل ٹاڈ قدیم تر مواد پر مبنی ہونا ظاہر کرتے ہیں لیکن اس کا اکبر اعظم کے عہد میں تصنیف ہونا بھی تسلیم کرتے ہیں۔ اس لیے مثنوی پدماوت جو ان سب سے پہلے شیر شاہ کے عہد میں لکھی گئی قصہ پدمنی کا سب سے قدیم بیان ہے بلکہ اس کے اور بھی کسی قدیم تر قصہ رائج الوقت سے لے کر نظم کرنے کا اقرار دیباچہ کی اس بیت میں کچھ مترشح ہے ؎

آدِ انت جس کتھا اہی　　　کی چوپائی بھاکا کہی

یعنی جیسا کہ اول سے آخر تک قصہ تھا اس کی چوپائیاں بنا کر بھاکا میں کہیں"۔ الغرض ملک محمد جائسی کی پدماوت سے قدیم تر کوئی بیان اس قصے کا، معلومات اس سے زیادہ مفصل بھی کہ تخمیناً ۹ ہزار ابیات پر ختم ہوا ہے موجود اور میسر نہیں ہے لہٰذا اس مثنوی کو اول سے آخر تک دیکھنا ضرور ہوا۔ اس میں اول تو پدمنی کے وطن سنگلدیپ (جزیرۂ سیلان) کا مفصل بیان ہے۔ ملکی پیداوار، باغات، قلعے، عمارات، تالاب دولت، ثروت، ہیرا موتی، جواہرات، سونے روپے کی کثرت، اہل ملک کی مختلف

ذاتوں اور پیشوں میں وہی تقسیم، لباس، رسم و رواج معاشرت اور میلے ٹھیلے ہیں جو ہندوستان میں پائے جاتے ہیں اور سیلان میں کم پائے جاتے ہیں، بلکہ ان سے اکثر غیر ہیں لہٰذا شاعر کے طبعزاد سمجھنے چاہئیں۔

اس کے بعد راجہ سیلان یعنی پدمنی کے باپ گندھرپ سین کی قوت حشمت، پدمنی کی پیدائش، تعلیم، تربیت اور حسن کا سراپا مذکور ہے۔ ایک طوطے ہیرامن نام کا پدمنی کے ساتھ مکتب میں ہم سبق ہونا۔ اس کے ساتھ ساتھ پڑھ کر بید، پران، شاستر، گیتا، پنگل، بیاکرن وغیرہ علوم سنسکرت کا پنڈت ہو جانا انسان ناطق کی طرح نہ صرف بات چیت کرنا بلکہ فہمیدہ سوال و جواب کرنا اتفاق و تقدیر سے آوارہ وطن ہو کر اس کا چتوڑ پہونچنا، وہاں کے راجہ چتر سین کے ولیعہد رتن سین کے ہاتھ فروخت ہونا، پدمنی کے حسن و جمال کی کیفیت اس سے بیان کرنا، سن کر رتن سین کا بہزار جان عاشق ہو جانا اور پدمنی کے فراق میں جوگی بنکر نکل جانا، اس کے ہم سن ٹھاکرزادوں وغیرہ کا بھی چیلہ بن کر ساتھ ہونا، رستے کی مشکلات اور راہ کامیابی کی دشواریوں کا خدایانِ ہنود کے مجسم صورت میں ظاہر ہو کر امداد و اعانت کرنے سے آسان ہونا۔ آخر کار سنگلدیپ پہنچنا گندھرپ سین کے فلک نما طلسماتی قلعے کا رتن سین کے ہاتھوں سر ہو جانا، گندھرپ سین کا رتن سین

کے مرتبہ سے واقف ہو کر کہ وہ چتوڑ کے سرآمد کل راجگان خاندان کا چشم و چراغ ہے، پدمنی کو رتن سین کے ساتھ بیاہ دینا، دلہن دولہا کا ایک عرصے بعد جہیز و سامان سمیت کروفر کے ساتھ ہندوستان کو وداع و رخصت ہونا، سفرِ واپسی میں جہاز کا ٹوٹ جانا، دولہن دولہا کا بچھڑ جانا، تختوں پر بہتے ہوئے کہیں سے کہیں نکل جانا، بالآخر لچھمی جی اور سمندر کے دیوتا کی کرپا اور کرم سے، بچھڑوں کا رل جانا، جہاز کے تختوں کا بھی جڑ جانا، غرق شدہ سامان اور ہمراہیوں کا پھر پیدا اور فراہم ہو جانا، دیوتاؤں کا رتن سین کو پانچ نگ یعنی عجائبات تحفتاً دینا اور خیریت کے ساتھ چتوڑ واپس پہونچنا، یہاں آ کر ناگمتی زوجہ رتن سین کی سیاہ فام پہلی رانی کا پدمنی سے رشک، حسد، مزیدار لڑائیاں چونچلے اور سوکنوں سوکنوں کی ہاتھا پائیاں وغیرہ بہت سی دلچسپ باتیں کمال تفصیل اور جزئیات کی تشریح کے ساتھ بیان ہوئی ہیں کہ اس تمام بیان کو ایک ثلث مثنوی سمجھنا چاہئے یعنی دو ہزار بیت۔

دوسرے ثلث میں رتن سین کا اپنے باپ کے بعد جانشین ہونا اور ایک درباری برہمن زادہ راگھو نامی کو سوء ادبی پر خفا ہو کر دیس نکالا دینا، راگھو کا آمادہ بر انتقام ہو کر دلی پہونچنا اور سلطان علاء الدین خلجی بادشاہ وقت

کو پدمنی کے حسن و جمال کی کیفیت سے آگاہ و فریفتہ کرنا نیز سمندر دیوتا کے عطیہ عجائبات کا ذکر ان الفاظ میں بیان کرنا کہ :۔

"پدمنی جو شاستروں میں عورتوں کی چار گانہ اقسام میں نادر اور عنقا صفت مانی گئی ہے رتن سین راجہ چتوڑ کے محل میں موجود ہے اس کے علاوہ اور بھی پانچ عجائبات ہیں جو سنگلدیپ کے سفر میں سمندر دیوتا نے رتن سین کو دئے ہیں :۔

اوّل امرت یعنی آبحیات،

دوسرا پارس جس سے سونا بن جاتا ہے

تیسرا سیمرغ جو بڑے اور چھوٹے سب شکار پکڑ کر لاتا ہے،

چوتھا ہنس جو موتی کھاتا ہے،

پانچواں شیر سرخ جو گلے کے گلے ہاتھیوں کے گھیر لاتا ہے،

بادشاہ یہ سن کر راجہ کو فرمان لکھواتا ہے کہ :۔

" پدمنی کو جو تیرے محل میں ہے جلد دلّی بھیجدے"

راجہ اس پر غیظ و غضب میں آجاتا ہے سخت جواب لکھواتا ہے لڑائی ٹھنتی ہے، بادشاہ خود فوج لے کر چتوڑ پر چڑھ آتا ہے اور ایک طولانی محاصرے

کے بعد جس میں کبھی کبھی ایسی نوبت بھی آجاتی ہے کہ رانیاں اور ٹھکرانیاں قلعے میں جوہر کرنے پر آمادہ ہوجاتی ہیں اور گھر میں ستی کا سامان مہیا کرلیا جاتا ہے آخر صلح کے پیام سلام ہونے لگتے ہیں بادشاہ پدمنی کے سوال سے دست بردار ہوجاتا ہے اس موقعہ کی ابیات مثنوی کا ترجمہ یہ ہے:۔

بادشاہ سمجھ گیا کہ ملاقات پدماوت کی

بدون موت کے دشوار ہے اور اسکی ہوس کم عقلی

اس اندیشے میں لڑائی میں ڈھیل پڑنے لگی

اسی اثنا میں دلی سے بھی عرضداشتیں پہونچیں

کہ پچھم کا راجہ ہرویسا بن شکست خوردہ

پھر مقابلہ پر آیا ہے اور چڑھائی کی ہے

وہاں تو بادشاہ نے چتوڑ میں چھاؤنی چھائی

یہاں ملک ہی دوسرے کا ہوا جاتا ہے

سرجا پسر راجہ سنبل سے بادشاہ نے یہ راز کہا

اور حکم دیا کہ رتن سین کے پاس جاکر نرم بات کرے

اُس سے کہے کہ پدمنی میں تجھسے نہیں لوں گا

ملاقات کو آئے گا تو قلعہ چھوڑ دوں گا

تیرا ملک کیا چیز ہے! اس کے علاوہ نچل (؟) اور چندیری لے
لیکن سمندر کے پانچ عجائبات ہم کو دیدے۔"

اس شرط پر صلح ہو جاتی ہے سمندر کے پانچوں اچنبھے راجہ آراستہ و پیراستہ کرکے بادشاہ کی نذر کر دیتا ہے دوسرے دن بادشاہ قلعے میں پہونچکر محلوں میں راجہ کا مہمان ہوتا ہے۔ بڑی دھوم کی ضیافت کیجاتی ہے۔ انواع و اقسام کے کھانے تیار کئے جاتے ہیں کھانوں کے ناموں کا شمار، تیاری کی تشریح، جزئیات کا اہتمام غرض دسترخوان کی پوری تفصیل کے سامنے مولانا نظامیؒ کا دسترخوان نوشابہ مات ہو کر رہ جاتا ہے ہندوی بزرگ اس باب میں بلاشبہ گنجوی حکیم سے بازی لے گئے ہیں!

بعض کھانے پدماوت خاص اپنے ہاتھ سے بھی اپنے مہمان ذیشان کے لئے تیار کرتی ہے حسین و مہ جبین خواصیں، سہیلیاں، گولیاں اور چیلیاں پرے کے پرے، رنگ برنگ کی جھجھاتی پوشاکوں میں ملبوس و آراستہ، جواہرات سے جگمگاتی ہوئی، ایوان ضیافت میں خوان پر خوان کھانوں کے دسترخوان پر لاکر قرینے سے چنتی اور سجاتی ہیں۔ سیلاچی آفتابہ پیش کرتی ہیں،

بادشاہ کو اُن کے حسن و جمال پر گمان ہوتا ہے کہ شاید ان میں پدماوت بھی ہو، مگر
خبردار خبر دیتا ہے کہ اِن میں پدماوت کہاں!

جب تک آفتاب آسمان پر چمکتا ہے　　تب تک چاند نہیں دکھائی دیتا
یعنی پدماوت تو شام کو جھروکوں میں آتی ہے"

بادشاہ ایک آئینہ دیوار میں لگا دیتا ہے کہ پدمنی اگر جھروکوں میں آئے تو
دکھائی دے جائے" کھانا کھانے کے بعد راجہ اور بادشاہ شطرنج کھیلنے لگتے ہیں
بادشاہ کی نگاہ کر چوری چوری سے آئینہ پر پڑتی جاتی ہے ادھر سہیلیاں
پدماوت سے آکر کہتی ہیں کہ:-

دلی کے بادشاہ کا نام سُنا کرتے تھے
آج جو دیکھا تو جانا کہ سورج سا روشن ہے
منہ سامنے کر کے کوئی نہیں دیکھ سکتا!
کنکھیوں سے سر جھکا کر اس کو دیکھتے ہیں،
ہم نے تو اُس کو اوٹ سے خوب دیکھا
تم بھی دیکھ لو کہ کیسا پارس کندن ہے
دلی کا بادشاہ اتفاقاً چتوڑ آ گیا ہے

تم بھی دیکھ لو اسے پدماوت! کہ پھر حسرت نہ رہ جائے

دن ڈھلتے ہی ماہتاب یعنی پدماوت کوٹھے پر چڑھی

سولہ سنگھار کئے ہوئے اور اپنے حسن خداداد کے ساتھ

ہنستی ہوئی جھروکوں میں آکر بیٹھی،

بادشاہ نے آئینہ میں اس کا عکس دیکھ لیا

دیکھتے ہی دیدار اس پارس حسین کے

زمین سے آسمان تک سب نگاہ میں سنہرا ہو گیا

بادشاہ جو شطرنج میں رخ مانگ رہا تھا

پدماوت کا رخسار دیکھتے ہی شہ مات ہو گیا!

راجہ نے یہ راز پوشیدہ نہ جانا کہ

بادشاہ کو یکایک غش کیوں آگیا؟

غور کرنے کی جگہ ہے! کہاں حریفوں کا یہ بیان کہ اپنی رانی پدماوت کی صورت دکھانے کی کمینہ شرط پر صلح کی اور کس نے؟ کہ رانائے چتّوڑ نے، بلکہ خود دیوٹ بنکر سامنے بٹھا کر اپنی رانی کی صورت اپنے عیش دوست دشمن کو دکھا دی!!

اور کہاں یہ روایت برعکس کہ پدمنی کے سوال سے ہی رانا اور اس کے بہادر

راجپوتوں کی شجاعت سے عاجز آکر بادشاہ نے دست برداری کرلی تھی!!!
آئینہ میں صورت کا نظر آجانا ایک اتفاقی بات تھی رانا کو اس کی خبر
بھی نہ تھی کہ بادشاہ کا حال جو یکایک دگرگوں ہوا تو کیوں ہوا۔ یہ سب افسانہ
ہی سہی، مگر افسانوں میں بھی مذکورہ اشخاص کے جبلّی، قومی اور نسلی خصائص کے
منافی بیان صرف درجہ سوئم کے مصنفین کے قلم سے سرزد ہو سکتا ہے۔
آن پر کٹ مرنے والے پشتینی سورماؤں اور لاج پر جل مرنے والی ستونتیوں
کے لئے جو ننگ غیر کو زبردستی صورت دکھانے پر رضامندی میں مضمر ہے لفظی
تصویروں میں اس موقعے پر رانی کے ہاتھ میں خنجر آبدار دیدینے سے اس کی
تلافی نہیں ہوسکتی! تعجب ہے کہ ہندو اہل قلم بھی جب اس قصے کو لکھتے ہیں
تو یہ باریک نکتہ ان کو بھی محسوس نہیں ہوتا اور بمصداق ؎

درپس آئینہ طوطی صفتم داشتہ اند　　آنچہ استاد ازل گفت ہماں می گویم

جو کچھ استاد آزاد رباکسی اور رنگین بیان نے ذائقہ زبان کے لئے لکھ مارا
ہے اسی طرح نقل کر جاتے ہیں! میواڑ کے افسانہ ساز بھاٹوں اور کبیشروں نے
بھی اس بے غیرتی کی شرط پر رانا کو صلح قبول کرانے میں کوئی عار نہیں سمجھا ہے
مصنفِ پدماوت کے صحت مذاق اور سلامتی فطرت کی یہ دلیل ہے کہ ان کی

زبانِ قلم ایسی ناپاک شرطِ صلح کے بیان سے آلودہ نہیں ہوتی؛

صبح تک قلعے میں مہمان رہ کر بادشاہ رخصت ہوتا ہے راجہ مشایعت کو لئے ساتھ ساتھ رہتا ہے قدم قدم پر بادشاہی نوازشیں اُس پر مبذول ہوتی جاتی ہیں چتّوڑ کے فلک فرسا قلعے کے رستے میں فصیل کے دَور پر دَور اور ہر دَور کے خاتمہ پر ایک دروازہ آتا ہے۔ ہر دروازے پر کوئی نیا قلعہ یا پرگنہ بادشاہ اپنے وسیع محروسات میں سے راجہ کو تالیفِ قلب کے لئے انعام اور عطا کرتا جاتا ہے۔ یہاں تک کہ ان بھرّوں میں آکر راجہ قلعے کے باہر تک بادشاہ کے ہم رکاب نکل آتا ہے یہاں بادشاہ کے سپاہی کمین میں لگے ہوتے ہیں باشارہ بادشاہ راجہ دفعتاً قید کر لیا جاتا ہے۔ دلّی لایا جاتا ہے اور ایک تنگ و تاریک مکان میں محبوس کر دیا جاتا ہے، سانپ اور بچھو اُس پر چھوڑے جاتے ہیں سر پر گُرز نچائے جاتے ہیں اور بادشاہ کی قید میں مر کر جو گل سڑ گئے اُن کی ہڈیوں کے ڈھانچے دکھا دکھا کر ڈرایا جاتا ہے کہ رانی کو چتّوڑ سے بلا دے ورنہ تیرا بھی ایسا ہی انجام ہوگا۔"

"آخر تنگ آکر راجہ پدماوت کو بُلانے کا خط لکھتا ہے ادھر پدماوت پر راجہ کے فراق میں جو مصیبتیں گزرتی ہیں اُن پر طرّہ یہ ہوتا ہے کہ دیوپال کھنبل میر کا راجہ پدماوت کا گرویدہ ہو کر اُس کو چتّوڑ سے اڑا لانے کے لئے ایک حرّافہ کٹنی کو

تعینات کرتا ہے پدماوت مگر کٹنی کی چال کو سمجھ جاتی ہے اور اُس کے جال میں پھنسنے سے عین موقعہ پر بال بال بچ جاتی ہے۔"

پدماوت کے دلّی آنیکا حکم سنکر گورا اور بادل دو نوجوان سورما راجہ کو جیسا کہ وہ بفریب وحیلہ قید ہوا تھا، بفریب وحیلہ چھڑالانے کے لئے یہ تدبیر اختراع کرتے ہیں کہ بظاہر پدماوت ایک مہاڈول میں صدہا خواصوں کنیزوں اور ہمراہی عورتوں کے کثیر قافلے کے ساتھ دلّی روانہ کیجاتی ہے اور یہاں پہونچکر بادشاہ کے حضور میں عرض کراتی ہے کہ:۔

"پدماوت رانی آپ دلّی آئی ہیں چتوڑ کے خزانوں کی کُنجیاں راجہ کو سنبھال کر حضور میں حاضر ہوں گی کنجیاں سنبھال دینے کی اجازت دیجائے۔"

اجازت مل جاتی ہے۔ رانی کا مہاڈول راجہ کے پاس پہونچتا ہے تو رانی کے عوض اُس میں ایک لوہار معہ اوزار بیٹھا ہوتا ہے جو راجہ کے طوق وزنجیر کاٹ دیتا ہے اور اُس کو ایک تیز رفتار گھوڑے پر سوار کراکے باقی ڈولیوں اور پالکیوں میں سے سینکڑوں مسلح راجپوت نکل پڑتے ہیں اور تلواروں کی چھاؤں اپنے راجہ کو ایک آن کی آن میں قید خانے سے نکال کر ہوا ہو جاتے

ہیں راجہ چتّوڑ پہونچکر دم لیتا ہے اسکے جاں نثار بادشاہی سواروں سے جو اُس کے تعاقب میں دوڑائے جاتے ہیں، لڑتے بھڑتے کٹتے مرتے اکثر رستے ہی میں کام آجاتے ہیں۔"

چتّوڑ میں پدمنی سے راجہ کھنبلمیر کی بدنیتی کا حال سُنکر رتن سین کو طیش آتا ہے اور وہ فوراً انتقام کے ارادہ سے روانہ ہوجاتا ہے۔ دیوپال اور رتن سین کی دست بدست لڑائی ہوتی ہے ایک کا وار دوسرے پر کارگر پڑتا ہے۔ رتن سین میدانِ کارزار سے چارپائی پر چتّوڑ لایا جاتا ہے مگر رستے ہی میں اُس کی جان نکل جاتی ہے اور پدماوت اور اس کی پہلی رانی ناگمتی دونوں قدیم دستور کے موافق راجہ کی نعش کے ساتھ جل کر خاکستر ہوجاتی ہیں۔"

اس اثنا میں علاء الدین خلجی بھی دوبارہ لشکر لے کر چتّوڑ پر چڑھ آتا ہے قلعے کے بقیّۃ السیف تمام لڑکر مرجاتے ہیں بادشاہ پدمنی کی خاکستر کے سوا کچھ نہیں پاتا خالی ہاتھ مل کر رہ جاتا ہے اور ایک مُٹھی خاک زمین سے بھر کر اُڑا دیتا ہے یعنی یہ دنیا اور حاصلِ کارِ دنیا، تمام ہیچ و برباد ہے"۔ بادشاہ کے ہمراہی امیر بھی ایک ایک مُٹھی خاک بھر کر ہوا میں اُڑا دیتے ہیں"۔

آزاد کا عنوانِ بیان یہ تھا کہ :۔ رانی نے جوہر کرکے خاندان کی آبرو پر جان قربان کر دی!" مگر پدماوت سے جو یقیناً اُن کے ماخذوں میں ہے ان کے بیان کی یہ پہلی بسم اللہ ہی غلط ثابت ہوتی ہے اور جو کلنک کا ٹیکہ علاء الدین کی پیشانی پر لگایا جاتا ہے کھنبلیر کے راجہ کے ماتھے کا تِلک بن جاتا ہے اور علاء الدین کے الزام دہ ہندوں کو جو اس قصے پر تعصب کے بل بھرتے ہیں جواب مِل جاتا ہے کہ ؏

ایں گناہیست کہ در شہر شما نیز کنند

پدمنی کے اس طرح دستورِ زمانہ کے مطابق راجہ کی نعش کے ساتھ ستی ہو جانے سے آزاد کا عنوانِ بیان بھی نذرِ آتش ہو جاتا ہے قلعہ کا قبضہ اور انتظام کرکے بادشاہ دلّی واپس آجاتا ہے اور قصہ ختم ہو جاتا ہے اس بیت پر ؎

جوہر بھئیں استری پُرکھ بھئے سنگرام	 بادسا گڈھ چُوراچتوڑ بھا اسلام!

(ترجمہ) عورتیں جل کر خاک ہوگئیں، مرد شہید ہو گئے، بادشاہ نے قلعہ مسمار کر دیا اور چتوڑ دار الاسلام بنا لیا گیا" قصہ ختم کرکے مصنف علیہ الرحمۃ دریافت فرماتے ہیں اپنے علماء و پنڈت ناظرینِ مثنوی سے کہ کیا سمجھے اس تمام قصے سے؟ پھر خود ہی جواب میں ارشاد فرماتے ہیں ؎

تن چتوڑ گڈھ اور جان اس میں راجہ ہے

دل سنگلدیپ اور عقل پدمنی ہے!

مرشد طوطا ہے جس نے راہ پر لگایا

بغیر گرو کے دنیا کو نرگن پایا،

ناگمتی دنیا کے دھندے اور کاروبار ہیں

اُن سے وہ بچا جس نے دنیا سے دل نہ لگایا

راگھو مخبر گویا شیطان ہے

علاء الدین بادشاہ حرص و ہوا

محبت کی کہانی کو اس طرح جانو

اور سمجھ لو اپنے دل میں جو سمجھ سکو!

تمام داستان لکھ کر مصنف رحمۃ اللہ تعالےٰ علیہ منقولہ بالا ابیات میں اس قصے کو چیستان بنا دیا ہے اور اس کو بوجھنے کی فرمائش کرتے ہیں، لازمی طور پر یہ سوال پیدا ہوتا ہے کہ یہ داستان کوئی فرضی قصہ یا کہانی ہے جس میں اصلی نام و مقام استعمال کئے گئے ہیں یا کوئی حقیقی اور واقعی تاریخی حکایت؟

اس داستان پر رائے زنی کے طور پر یہ ہندی بیت بھی قدیم سے

مشہور چلی آتی ہے کہ ؎

ملک محمدؔ کہے کہانی !   کہاں کا راجہ کہاں کی رانی !

یعنی یہ سب قصہ کہانی ہے ملک محمدؔ کی من گھڑت، ورنہ کہاں چتّوڑ کا راجہ اور کہاں سمندر پار سنگلدیپ کی رانی ! اتنا خفیف اقرار بھی نفس قصہ کی واقعیت کا اس ہندی بیت میں نہیں جتنا کہ شاہنامہ فردوسی کے رستم کی اصل و حقیقت کا اس مشہور فارسی بیت میں ہے کہ ؎

منم کردم این رستم داستاں   وگرنہ یلے بود در سیستاں

منقولہ بالا ہندی بیت بھی اس طرح مشہور ہے کہ گویا خود مصنف پدماوت کا ہی کلام ہے جس میں شاعر کا تخلص بھی بطور مقطع موجود ہے۔ مگر پدماوت کے زیر نظر نسخہ میں یہ ہندی بیت نہیں پائی جاتی اگرچہ اس کی بحر مثنوی کے عام اوزان سے جو مختلف اوزان میں نظم ہوئی ہے کچھ مختلف مسموع نہیں ہوتی۔ پس اگر اس شعر کو مصنف کا تسلیم کیا جائے تو کل مثنوی کا راز فاش ہو جاتا ہے اور اس مسلمہ تاریخی روایت کا جہاں تک مثنوی پدماوت اس کی سند تصور کیجا سکتی ہے بھانڈا پھوٹ کر قصہ فیصل ہی ہو جاتا ہے اور تمام داستان خود مصنف کے قول و قلم سے ایک فرضی افسانہ قرار پاتی ہے نیز مصنف کے آخر داستان

میں اُس کو معمہ بنانے اور پھر خود ہی حل کر کے بتا دینے سے داستان کی نوعیت ایک (الیگوری) تمثیلی حکایت کی بھی ثابت ہوتی ہے اگرچہ یہ بھی ممکن ہے کہ سب کچھ کہہ کر پھر اُس کو کہہ مکرنی کے طور پر جھٹلا دیا ہو اور اس طرح اس کی نسبت چہ میگوئیاں پیدا کر کے دلچسپی بڑھانے کی کوشش کی گئی ہو بلکہ جس طرح کہ بسا اوقات گذشتہ اچھے زمانے کی باتیں بیان کرنے کے بعد ٹھنڈا سانس بھر کر آخر میں یہ مصرعہ پڑھ دیا جاتا ہے کہ ؎

خواب تھا جو کچھ کہ دیکھا جو سنا افسانہ تھا!

لیکن اس سے حالات مذکورہ واقعی خواب و خیال نہیں سمجھے جاتے۔ بنا بر آں دعویٰ کیا جا سکتا ہے کہ مثنوی کی ابیاتِ خاتمہ منقولۂ بالا اور ہندی کی انکاری بیتِ مشہور کے باوجود، واقعات مذکورہ کے بجائے خود واقعی اور صحیح ہونے کا امکان باقی ہے دیباچہ کی اس بیت سے بھی کہ ؎

آدہ انت جس کتھا اہی   کی چوپائی بھاکا کہی

یہ مفہوم ہو سکتا ہے کہ مصنفؒ کو کوئی قصہ پہونچا تھا جس کو اُنھوں نے جیسا تھا ویسا ہی سر تا پا نظم کر دیا۔" مگر اس ادّعا کو مثنوی کے ژرف بین ناظرین نہیں مان سکیں گے اُس کے مطالعہ سے بخوبی ظاہر ہے کہ اُس کے بیانات

جا بجا اُس کے فرضی اور خیالی اور مصنف کے طبعزاد ہونے پر قطعی دلالت کرتے ہیں۔ دیباچہ کے ہی یہ اشعار بھی ہیں ؎

ہوں سب کبتن کا چھو لگا کہہ چلا کچھ طبل دی ڈگا
ہد بھنڈار نگ اہی جو پونجی کھولی جیب تار کی کونجی

(ترجمہ) میں سب شاعروں کا پسر ہوں میں نے ڈنکے کی چوٹ کہنا شروع کیا اور جو خزینہ سخن کا ہے زبان کی کنجی سے کھولا۔"

ایک اور بیت میں فرماتے ہیں کہ: "قصہ کہانی کہنا ایسا ہے جیسے دہی میں سے متھ متھ کر مکھن نکالنا۔" یہ کافی دلیل بیشتر بیانات مثنوی کے مصنف کے طبعزاد اور اُنہی کی جگر کاوی کا نتیجہ ہونے کی اُنہی کے کلام سے ہے اندر کی چند تبدیلیاں خواہ ان کی نہ ہوں، لیکن باقی قندیلِ سخن اور اس کی تمام آرائش وزیبائش حضرت کا ہی حسن بیان متصور ہونا چاہیے مثلاً پدمنی کی پیدائش، تعلیم وتربیت، سہیلیوں میں کھیلنا، تالاب میں نہانا، میلے اور بسنتیں منانا، رتن سین سے معصومانہ لگن، منگنی ہونا، شادی قرار پانا، برات چڑھنا، دولہا کا آنا، باجوں کی کثرت، مکان کی سجاوٹ، مہمانوں کی تواضع، محفلِ نشاط، دسترخوان ضیافت کی جزئیات، اقسامِ طعام، پھیر دل

یعنی عقدِ نکاح کی رسومات ایک ایک کی تفصیل حتیٰ کہ زفاف کی کیفیت، چوراسی آسن، سولہ سنگھار، لوٹ کھسوٹ، چولی کا مسکنا، ہاروں کا ٹوٹ جانا، مسّی کا چھوٹ جانا، سہیلیوں کا آنا، پدمنی کو چھپرکھٹ سے جگانا، شب کی کیفیت پوچھنا، ہمعمروں کی چہل، آپس کی چھیڑ چھاڑ، پدمنی کا بھی کچھ شرح روداد کرنا وغیرہ وغیرہ صدہا تفصیلیں اور تشریحیں جن میں گویا پدمنی کی ران کا تل تک دکھا دیا گیا ہے اس چھ ہزار بیت کی عظیم الشان مثنوی کی صدہا ابیات انہی بیانات میں صرف ہوئی ہیں۔ جن کی نسبت کوئی قرینہ نہیں کہ وہ اُس قصہ کا جو مصنّف کو شاید پہونچا تھا جزو تھیں اور ان سب کے طبعزاد اور خیالی ہونے میں ذرا بھی شک کی گنجائش نہیں تاوقتیکہ یہ تسلیم نہ کیا جائے کہ بیان کرنے والا ہر موقع پر حتّٰی کہ حجلۂ عروسی اور عین زفاف میں بھی کاغذ پنسل لئے سایہ کی طرح ساتھ تھا اور ہر کیفیت اور حالت کو کاغذ پر ٹانکتا جاتا تھا۔ یا مثلاً سنگلدیپ کو اس مثنوی میں پدمنیوں کی پیدائش کی سرزمین کہا گیا ہے لیکن اس جزیرے کے حالات اب بہت سی آنکھوں کے چشم دید ہیں اور نہ جغرافیہ، سفرناموں اور گزیٹیروں کی جلدوں میں مفصل مرقوم۔ حسن وہاں عام نہیں ہے بعض قبیلوں میں عورتیں حسین ہوتی ہیں مگر نہ اس حسن کی جس کی مثنوی میں

یہ تعریف کی گئی ہے کہ :۔

"بھونرے اُس کے گالوں کو پھول سمجھ کر اُس کے گرد منڈلاتے ہیں، دودھ چاول بھی اُس کو گرانی کرتے ہیں، صرف پان کھا کر اور پھول سونگھ کر زندہ رہتی ہے پان کی پیک گلے میں اُترتی دکھائی دیتی ہے۔ چار چیزیں اُس کے سراپا میں کوتاہ، چار دراز، چار باریک اور چار پُر ہوتی ہیں"۔

۱۔ دراز: سر کے بال، ہاتھ کی انگلیاں، لمبوتری آنکھیں، مخطط بیاض گردن۔

۲۔ کوتاہ: دانت مثل الماس، پستان مثل نارنج، پیشانی مانند ہلال، زیر ناف۔

۳۔ باریک: ناک خمدار مثل تلوار، کمر جیسے چیتے کی، پیٹ جس میں آنت محسوس نہ ہو، ہونٹ سُرخ۔

۴۔ پُر: رخسار، سُرین، کلائیاں اور رانیں جن کی مستانہ چال۔

"حُسن چودھویں رات کے چاند کا، جسم کُندن سا، رنگ پدم کا، جسم کی نفاست مثل کافور، ہڈیاں موتی چور، سامنے آنکھ کر کے دیکھے کوئی تو آنکھوں میں پانی بھر آئے، ہنسی میں دانتوں سے کرن پھوٹتی ہے، باتوں میں پھلجھڑی چھوٹتی ہے، آواز جیسے بسنت میں

کو کلا بولے، چوٹی سے سانپ ڈر جائے، بھویں کمان، پلکیں قدرتی
کاجل میں ڈوبی ہوئی، مانگ سیندور بھری گویا کسوٹی پر
خطِ طلا، موتی بھری زلفیں جیسے سیاہ بادلوں میں بگلے ۔
پیشانی پر تِلک گویا سونے کے تخت پر راجہ براجمان ہے!
مُنہ تصویر سا، گال پر تِل جیسے کنول پر بھونرا، نگاہ چنچل چالاک،
پُتلی کی گردش! گویا جی ہنڈولے میں ڈال دیا ہے، کبھی آتا ہے
کبھی جاتا ہے، کان دو سیپ کھُلے، اُن میں بالے بجلی کی چمک
دکھاتے ہیں، رخسار گلاب کے پھول، مور کی سی گردن سانچے
میں ڈھلی ہوئی یا جیسے بانکا گھوڑا لگاموں میں کسا ہوا، ڈنڈ
اور کلائیاں صندل کے گابھے، ہتیلیاں کنول کھلے ہوئے
پستان کٹوریاں طلائی یا شریفوں کی جوڑی گویا ایک
تخت پر دو راجہ بیٹھے ہیں! پیٹ باریک جیسے میدے کی
پُوری، کمر بھنبیری جیسے دو نیلوفر کے درمیان ایک تار
سُرین اور کمر کی مثال گویا کامنی بین سنبھالے بیٹھی ہے!
رانیں کیلوں کا تنہ، ناف ننھی سی بھنور، زیرِ ناف نور جہان بیگم کا

مشہور مصرعہ ترے

نقش سم آہوئے چین است بر برگ سمن[1]!

پامن کی رگیں نکال کر پان کھاتی ہے سیج کے پھولوں میں کوئی

ڈنڈی پھولوں کی رل جائے تو نزاکت سے بے چین ہو جاتی ہے

یہ پدمن چتوڑ آئی!

راگھو نے بادشاہ کو خبر دی کہ ان اوصاف کی پدمنی چتوڑ آئی ہے!

راگھو کا واقعی کوئی وجود تھا یا نہ تھا اور اس نے علاء الدین کے سامنے یہ کہان

کیا یا یہ سب قصہ ہے البتہ مصنف مثنوی نے جو دیباچہ میں جتایا تھا کہ

بھنڈار نگ کی اہی پوچھی   کھولی جیب تار کی کو بچی

حسن نسواں کی اعلیٰ صفت و معیار کو ہر باب میں اس طرح کھول کھول

کر بیان کرنے اور مثالوں سے روشن تر کر دینے سے اپنے دعوے کو بخوبی

ثابت کر دیا۔ ہم نے نقل میں اختصار سے کام لیا ہے حضرت مصنف نے

اس کمالِ تفصیل سے اس کی شرح اصل مثنوی میں فرمائی ہے کہ اس سے

---

[1] یہ مصرعہ نورجہاں بیگم جہانگیر سے منسوب ہے مگر حقیقت میں اس مثنوی کی

ایک ہندی بیت کا سراسر فارسی ترجمہ ہے۔ (مؤلف)

بہتر بیانِ حسنِ نسواں کے بلند معیار اور اوصاف کا خود شاستروں میں موجود نہ ہوگا۔ حُسنِ صورت کے علاوہ حسنِ سیرت اور اخلاق کا بھی ایسا مکمل نمونہ پدمنی کو دکھایا ہے جو ہر صاحبِ عفّت و عصمت کا نصب العین ہونا چاہئے! حقیقت یہ ہے کہ ایک نسوانی حُسن و اوصاف ہی کے بارے میں نہیں بلکہ ہر امر کے بیان میں حضرت نے ایسے ہی کمال علم و ہنر، واقفیت عبوا اور شاعری اور نازک خیالی کی داد دی ہے۔ مثنوی کے مطالعہ کے بعد شک نہیں رہتا کہ واقعی ہر باب میں شاعرانہ خیالات اور فلسفیانہ نکات کے بیش بہا خزاین حضرت کے سینۂ پُر گنجینہ میں موجزن تھے اور وہ اس خزینہ کا قفل اپنی زبانِ فصاحت بیان کی کنجی سے کھولنا چاہتے تھے۔ گو ہندی اور فارسی دونوں زبانوں کی کنجیاں آپ کے پاس تھیں ہندی مُلکی زبان تھی تو فارسی مادری اور قومی زبان: لیکن اس میں نظامی خسرو جامی رحمہ اللہ تعالے علیہم پر کہ اُن کے پئے درپئے خمسوں نے شاعری کے لئے پیرایہ اور خیال باقی نہ چھوڑا تھا، فوقیت لے جانا مجال تھا۔ مثنوی کے مطالعہ سے یہ بھی ظاہر ہے کہ حضرت مصنف اور دیگر شعرا کی قابلیت میں مابہ الامتیاز فرق اور خصوصیت آپ کی ہندوی زبان و علوم سے واقفیت اور بے مثل

مہارت تھی لیکن ہندی اور سنسکرت کے مضامین کو فارسی میں ادا کرنا دشوار تھا کہ ڈ اور ٹ اور ڑ اس کثرت سے ناموں اور اصطلاحوں میں قدرتاً آتے ہیں کہ فارسی سلیس ان کی متحمل نہیں ہوسکتی۔ زمانہ وہ تھا کہ مسلمان ہندوستان میں کابل و ایران و ترکستان سے کچھ کم تعداد میں نہ تھے کئی نسلیں ہندوستان میں گزر چکی تھیں ہندی ماؤں اناؤں اور ملازموں کی گودیں اور ہندی ناناماؤں کی صحبت میں ہندی زبان بھی ایسی ہی سیکھ جاتے تھے جیسے اپنی قومی زبان یعنی فارسی اور ترکی۔ لہذا حضرت نے ہندی میں شمار ناظرین فارسی سے کچھ کم نہ دیکھ کر بلکہ ہندی میں تحریر مثنوی سے ہندوؤں کے سوادِ اعظم کو بھی مستفید ہونے کا موقعہ دینے کے لئے۔ جس سے شمار ناظرین بمقابلہ فارسی کے چند در چند بڑھ جاتا تھا، اپنے خزانۂ معارف و کمالات کو ہندی ہی زبان کی کنجی سے کھولنا مناسب و بہتر خیال فرمایا اور حق یہ ہے کہ حق ادا کر دیا جہاں جس چیز کو بیان کیا ہے اُس کی تصویر آنکھوں کے سامنے پھر گئی ہے مثلاً علاء الدین کا لشکر چتوڑ پر جاتا ہے۔" عام تاریخ کی محض اس خبر سے کوئی نقشہ اُس کے لشکر کی دھوم دھام طمطراق گھوڑوں اور سواروں کے ساز و یراق وغیرہ کا ذہن نشین نہیں ہوتا ہے لیکن حضرت کے تعریکش

نے اس عنوان کے تحت علاء الدین کے لشکر کا گویا پورا فلم ناظرین کی آنکھوں کے سامنے گزار دیا ہے۔ حضرت کا زمانہ علاء الدین سے تخمیناً دو سو، سوا دو سو برس بعد شیر شاہ سوری کے عہد میں ہے پس علاء الدین کو تو آپ نے دیکھا نہ تھا البتہ یہ کہہ سکتے ہیں کہ علاء الدین کی چتوڑ پر چڑھائی کا جو زندہ فوٹو گراف آپ نے دکھایا ہے وہ شیر شاہ کی کسی فوج کشی کی جیتی جاگتی تصویر ہے!

گو یہ مثنوی اپنے شاعرانہ حسن و بیان اور اوصاف کے لحاظ سے سکندر نامہ نظامیؒ پر بھی آنکھ مارتی ہوئی نظر آتی ہے اور بعض اوقات اُس پر بھی سبقت لیجاتی ہے تاہم بزرگ مصنف کا منشا اس کے لکھنے سے محض داد سخن حاصل کرنا نہیں ہے بلکہ حضرت کا منشاء اس سے بہت ارفع اور اعلیٰ ہے یعنی اس مثنوی کے پیرایۂ بیان میں حضرت نے ہندوؤں کو اُن کی بہترین زبان اور مرغوب ترین پیرایوں میں اسلامی عقائد، توحید رسالت، معاشرت، مذہبیات اور تصوف سے اور مسلمانوں کو ہندوؤں کے فلسفے رسوم و رواج اور خیالات سے باہم آگاہ و شناسا کیا ہے ہندوؤں کو شرک و بت پرستی سے نفرت محسوس کرائی ہے اور توحید

کی طرف رغبت دلائی ہے مسلمانوں کی ہندوؤں کے جوگ اور ویدانت کے اصول اور طریق ریاضات وغیرہ سے ملاقات کرائی ہے مثلاً بت پرستی سے رتن سین کو ذیل کی مؤثر ابیات میں بدل دکھا کر یہ محسوس بھی نہیں ہونے دیا ہے کہ بت پرستی کے خلاف یہ وعظ ایک مسلمان دشمنِ شرک و بت پرستی کا ہے ؎

جادو وہ جو سر پہ چڑھ کے بولے

خود رتن سین کی زبان سے بت اور اُس کی پرستش کی یوں مذمت کرائی گئی ہے ؎

ارے ملچھ بسوا سے دیوا — کت ییں آئی کینہ تور سیوا
اپنی ناؤ چڑھے جو دئے — سو تو پار اُتارے کھئے
سیھل جان پگ ٹیکیوں تورا — سوا کا سینبر تو بھا مورا
پاہن چڑھ جو چھی بھا پارا — سو ایسیں ڈوبے منجھدھارا
پاہن سیوا کہاں پسیجا — جرم نہ پھلوی جونت بھیجا
باور سوئی جو پاہن پوجا — سکت کے بھار لئے سر دوجا
کاہ نہ پوجے سوئی نراسا — موہیں جیت من جا کر آسا

سنگھ تریت ملہ اجن گھا | پار بھئے تت ساتھ
تی پی بوڑی دارہ | بھیڈ پونچھ رجن ہاتھ

ان ابیات میں رتن سین اُس بُت کو جس کے مندر میں حاضر ہو کر پدماوت کے وصال کی اکثر منّتیں مانا اور مُرادیں مانگا کرتا تھا محض مہمل و معطل پا کر الزام دیتا ہے ۔ اے ناپاک دیو! کس قدر میں نے آکے تیری خدمت کی؟ جو اپنی ناؤ پر کسی کو چڑھنے دے اُسے چاہئے کہ کھے کر پار اُتار دے۔ میں نے تجھ کو مبارک جان کر تیرے قدم پکڑے تھے مگر تو میرے حق میں ایسا نکلا جیسے طوطے کے حق میں سینبھر جس میں طوطا چونچ مارتا ہے تو غذا تو نکلتی نہیں سینبھل چونچ میں اٹک جاتی ہے۔ پتھر پر چڑھ کر جو پار اترنے کا ارادہ کرے ضرور وہ منجدھار میں ڈوبے پتھر خدمتگذاری سے کہاں پسیجا ہے۔ عمر بھر سرسبز نہیں ہو سکتا اگرچہ ہمیشہ سینچا جاتا رہے دیوانہ ہے وہ شخص جس نے پتھر کو پوجا۔ مشکل کے وقت دوسرے کا بوجھ کون اُٹھاتا ہے۔ اسی کی پرستش کرنے جو سب سے بے نیاز ہے مرگ اور حیات دونوں میں اُسی کی آس دل کو ہے۔ شیر کی دُم جس نے پکڑی اس کے ساتھ پار ہو جائے گا اور وہ اسی وار ڈوب گئے جن کے ہاتھ میں بھیڑ کی دم ہے۔

یہ مثنوی فی الحقیقت اُس مخلوط ہندوی اسلامی لٹریچر کی اوّلین تصانیف میں چوٹی کی کتاب ہے جس کے موحدانہ اور صوفیانہ مضامین کے اثر اور احساس نے اِس گبرستان ہندوستان میں بالآخر کبیر اور نانک جیسے علمبردار توحید کھڑے کردئے اور جوگ و ویدانت کے تصوف سے ڈانڈے ملا دئے۔ فی الحقیقت یہی وہ خزینۂ معارف و خیالات ہے جس کے اظہار کے آپ آرزومند تھے اور اس تصنیف شریف میں مٹھیاں بھر بھر کر اُسے لٹایا اور عام کیا ہے اسی مثنوی نے حضرت کو ہندوستان کے بزرگان کرام میں مرتبہ دلایا ہے۔

مثنوی پدماوت اپنی خوبی بلند آہنگی تفصیل و تشریح معاملات و جزئیات واقعات اور جا بجا فلسفیانہ اظہار خیال اور متصوفانہ نکات و معارف کی تراوش اور شاعری اور رنگین بیانی کی چاشنی، موشگافی، مضمون آفرینی، روشن تشبیہات کی بہتات و ندرت، اشخاص و واردات، مواقع اور عمارات کی تصویرکشی وغیرہ وغیرہ اوصاف و محاسن کی وجہ سے فارسی کی بہترین مثنویوں کے ہم پلہ سمجھی جاسکتی ہے اُس کا پیکر غالباً سکندر نامۂ نظامیؒ کے ہی پیکر کو مدنظر رکھ کر مصنفؒ نے قرار دیا ہے۔ بجائے سکندرِ اول کے جو حضرت نظامیؒ کا رستم داستان ہے حضرت مصنفؒ نے علاء الدین خلجی کو جس نے سکندر ثانی لقب اختیار کیا تھا

اپنا رستم بنایا ہے۔ پدمنی کو نوشابہ کی جگہ دی ہے اُس سے ویسی ہی بلکہ اس سے بھی زیادہ دھوم دھام کی ضیافت سلطان کی کرائی ہے جس کے مقابلہ میں دسترخوان نوشابہ دال روٹی کے ایک طباق کی حیثیت رکھتا ہے۔ فارسی میں اگر حضرت مصنف پدماوت کو لکھتے تو حضرت نظامیؒ کی بلاغت و مرصع نگاری کو نہ پہونچ سکتے تھے ہندی میں خوب پھلے پھولے ہیں اور اسی داد و ستایش کے مستحق ہیں جس کے فارسی میں حضرت نظامیؒ!

لیکن فردوسی سے قطع نظر کہ اس کی نسبت خیال کیا جاسکتا ہے کہ شاید فارس قدیم کی تواریخ کے کہنہ دفاتر اُس کو نظم کرنے کے لئے دیدئے گئے تھے حضرت نظامیؒ اور دیگر خمسہ نویس شعراء کی مثنویاں بیشتر خیالی داستانیں ہیں لہٰذا جس طرح سکندرنامۂ نظامیؒ میں جس کے نمونہ پر پدماوت کا ڈھچر قائم ہے، سکندر نامہ، ارسطو، نوشابہ، بعض فتوحات بعض ممالک میں سفر اور گزر، غرض چند نام اور چند واردات اور مقام واقعی سمجھے جاسکتے ہیں باقی داستان من حیث المجموع ایک خیالی افسانہ اور اس کے مضامین اختراع شاعرانہ ہیں جن پر صحیح تاریخ اور سکندر اعظم کے باقاعدہ سوانح ہونے کا ہرگز اطلاق نہیں ہوسکتا۔ اسی طرح مثنوی پدماوت میں بعض خط و خال کے سوا باقی جملہ

داستان شاعر کی طبع زاد اور افسانہ سمجھنی چاہیے۔

سنگلدیپ کا خلاف واقع بیان، اس جزیرے کے نادیدہ ناشنیدہ حالات، سونے کے قلعے، جواہرات کے پہاڑ، کوہ ہمالیہ کے برابر مچھلیاں وغیرہ وغیرہ جو سنگلدیپ میں ہرگز موجود نہیں ہیں نہ کبھی تھے۔ مثنوی گران سب خیالی چیزوں کی عینی شاہد ہے رتن سین کو وہاں اُس عدیم الوجود جانور کا بھی چشم دید مشاہدہ ہوتا ہے جس کا نام سندباد بحری کے قصۂ الف لیلہ میں رُخ لیا گیا ہے۔ ہنس موتی جس کی خوراک ہے، سیلان میں کیا، دنیا میں کہیں نہیں پایا جاتا۔ آبحیات یعنی امرت بھی رتن سین کو دیوتاؤں سے عطا ہوتا اور رتن سین کا اُس کو منجملہ تحفِ عجائبات مذکورہ بادشاہ کی نذر گزراننا مثنوی میں بیان ہوا ہے پس یہ بھی عجب سے خالی نہیں کہ اس امرت اور آبحیوۃ کے مالک اور رسیا یعنی رتن سین اور علاء الدین دونوں اُسی زمانہ میں دنیا سے رخصت ہوگئے اور امرت اور آبحیوۃ دونوں کا نام ڈوب گئے۔

سفر سیلان کے واردات میں مہادیو پچھمی اور گوری ان دیوتاؤں کا مجسم صورتوں میں نمودار ہو کر رتن سین کی امداد تواضع اور دلجوئی کرنا طوطے کا نہ صرف آدمیوں کی سی بولی بولنا بلکہ سنجیدہ و فہمیدہ گفتگو کرنا۔ گدھ پنکھ کا

بھی انسانِ ناطق کی طرح بات چیت کرنا وغیرہ وغیرہ جیسے کہ عام درجہ کے دیسی خیالی قصے کہانیوں میں عموماً مذکور ہوتے ہیں بے شک و شبہ یہ سب افسانہ ہیں اور ان سب پر طرّہ سمندر کے پانچ عجائبات ہیں انہی کی فہرست میں چھٹی پدمنی بھی ہے اِن سب سے خارج اُس کو سمجھنے کی کوئی خاص وجہ ہونی چاہیے ورنہ پدمنی بھی ایک فرضی اسم ہے نہ کہ گوشت پوست کا کوئی نسوانی جسم بلکہ صحیح ترین مصداق اس مصرعۂ مشہور کا کہ ؎

عالم ہمہ افسانہ ما دارد و ما ہیچ؛

قیاس و قراین کے علاوہ براہِ راست تاریخی ثبوت بھی اس قصہ کے افسانہ ہونے کے از قبیلِ قطعیات تلاش سے ہم پہونچتے ہیں۔ مثلاً علاء الدین کی "چتوڑ پر فوج کشی" اس کا سبب علت موجب باعث اور محرک مثنوی وغیرہ میں علی الاعلان علاء الدین کی پدمنی پر فریفتگی اور عشق و اشتیاق بیان ہوا ہے راگھو برہمن نے سلطان کو پدمنی کی لو لگائی اور سلطان فوج لے کر پدمنی کو زبردستی قبضے میں لانے کے لئے چتوڑ آن پہونچا ہے اور محاصرہ ڈال کر بیٹھ گیا ہے یہی سب سے اہم بیان مثنوی کا ہے اور اسی پر اُس تمام قصے کی جو مثنوی میں مذکور ہے یا کہیں اور تاریخ و تحریر میں پایا جائے، بنیاد ہے اور تعجب ہے

کہ یہی بات صحیح تاریخ کی قطعی شہادت سے محض غلط اور بے بنیاد ثابت ہوتی ہے:-

مولانا ضیاء الدین برنیؒ مؤلف تاریخ فیروز شاہی جو عہد علائی کے ہمعصر مورخ ہیں اور اکثر حالات چشم دید یا اشخاص متعلقہ سے براہِ راست لے کر بعد تحقیق لکھنے کے اپنی کتاب میں حلفیہ دعویدار ہیں جن کا زلّہ رُبا فرشتہ بھی ہے اور انگریز محققین بھی عہد علائی کے متعلق ان کی صدق بیانی کے معترف ہیں، تخمیناً ایک درجن مطبوعہ صفحات میں کمال تشریح و تفصیل کے ساتھ علاء الدین کی چتوڑ پر چڑھائی کے منصوبے کی وجہ وعلت کہ یہ منصوبہ کس طرح سے ظہور میں آیا رقم فرماتے ہیں۔ ایک درجن صفحات کا تو یہاں نقل کرنا دشوار ہے البتہ مورخ فرشتہ نے جو خلاصہ اپنی تاریخ میں ان صفحات کے مطالب کا فارسی میں نقل کیا ہے اس کا کچھ ترجمہ ذیل میں نقل ہوتا ہے:-

"کہتے ہیں کہ علاء الدین جب بادشاہ ہوا اور ابتدائے جلوس سے تین سال کے اندر اندر اس کے تمام مدعا حسب مراد بنتے چلے گئے گجرات جیسا ملک فتح ہو گیا اور سلطنت میں کوئی اس کا معارض نہ رہا تو اس کے دماغ میں عجیب و غریب

خیالات سمائے۔ اکثر ارکانِ دولت سے مجلسِ شراب میں اظہارِ
خیال کرتا کہ جس طرح رسول اکرم صلی اللہ علیہ و آلہ وسلم نے چار یار
کی موافقت سے ایک شریعت یادگار چھوڑی میں بھی اپنے چار
یار الغ خان، الپ خاں، ظفر خاں اور نصرت خاں کی یاوری
سے ایک جدید دین و شریعت ایجاد کر سکتا ہوں، اور اگر
سلطنت دہلی کو کسی خیر خواہ کے سپرد کرکے یہ سوار ہاتھی اور
لشکر جو بکثرت جمع ہو گئے ہیں ساتھ لے کر سکندر اعظم کی طرح
عزم جہانگیری کروں تو پہلے خراسان و ترکستان و ماوراءالنہر
فتح کرکے پھر فارس عراقین و شام و روم و حبش وغیرہ بھی مسخر
کر لوں چنانچہ جب علاء الدین کو دو لاکھ مغل خونخوار کے لشکر
جرار پر جس کا سپہ سالار رستم روزگار تغلق خواجہ تھا فتح حاصل ہوئی
تو غرور و نخوت بھی حد سے زیادہ بڑھ گئے خطبے میں اپنا لقب
"سکندر ثانی" قرار دیدیا اور سکوں اور فرمانوں پر منقوش ہونے
لگا۔ اہل مجلس ان مہملات پر دل میں ہنستے مگر خوف سے چپ رہتے
بزرگان دین مثل حضرت نظام الدین اولیاء قدس سرہ ان ہفوات

کوسن کر دلگیر ہوتے اور سلطان کے راہ راست پر آنے کی دعا
فرماتے بالآخر اس دعا کا اثر یوں ظاہر ہوا کہ علاء الملک کوتوال
دہلی (عمِ ضیاء برنی مؤلفِ تاریخ فیروز شاہی) جو ہر چاندرات کو
سلام کے لئے حاضرِ مجلس شاہی ہوتا تھا بادشاہ نے اپنے
دونوں خیال اُس سے بھی ظاہر کر کے رائے دریافت کی۔
علاء الملک کسی قدر ذی علم اور سچا دیندار تھا۔ دل میں سوچا کہ
عمر آخر ہوئی، چند روز باقی کے لئے بادشاہ کی خوشامد میں عاقبت
برباد کرنا انتہائے خسارت ہے، سچ کہدوں اور بادشاہ
کے غیظ و غضب سے نڈر ہو کر کلمۂ حق بلند کروں تو بیش ازیں
نیست کہ قتل کیا جاؤں گا لیکن آخرِ عمر میں شہادت بھی مزے
سے خالی نہیں"، چنانچہ اُس نے:۔
عرض کیا کہ اگر حضور اپنی مجلس سے شراب برطرف فرمائیں اور
اغیار کو ہٹا دیں تو جو کچھ اس بندۂ ضعیف کے خیال میں ہے
عرض کرے" اس کے کہنے کے مطابق شراب اور اغیار سے
محفل خالی کر دی گئی اور جب بادشاہ اور اس کے چار یار

کے سوا کوئی اندر نہ رہا تو اُس نے عرض کرنا شروع کیا کہ دین و شریعت کا تعلق وحی آسمانی سے ہے جو انبیاء علیہم السلام پر نازل ہوا کرتی تھی۔ اور حضرت محمد صلی اللہ علیہ و آلہ وسلم کے بعد اُس کا دروازہ بند ہو گیا۔ حضور کو بخوبی روشن ہے کہ حضور پر کوئی وحی نازل نہیں ہوتی پس جو کوئی خاص و عام سے حضور کے اس دعوے بے بنیاد کو دور نزدیک سنے گا یقیناً متنفر ہو گا۔ دین و ایمان ایک عزیز چیز ہے جان سے بیخوف ہو کر ہر مذہب و ملت کے لوگ بغاوت اختیار کریں گے اور فتنے عظیم برپا ہوں گے جن کا تدارک مشکل ہو گا اور لوگ ہم لوگوں کو بھی بانیِ فساد سمجھ کر ہمارے دشمن ہو جائیں گے۔ لہذا حضور کے دولت و اقبال کے لائق یہ امر ہے کہ آئندہ ایسے خیالات کو ہرگز دل میں جگہ دیں اور نہ زبان پر لائیں حضور کو علم ہے کہ چنگیز خاں اور اُس کی اولاد نے ہر طرح کے ظلم و تشدد سے دینِ محمدی کے مٹانے کی مدتوں کوشش کی مگر کسی طرح میسر نہ ہوا آخر کار دینِ اسلام کی خوبی اور استواری

دیکھ کر اُن کے بیٹے پوتوں نے خود ہی دینِ اسلام قبول کر لیا بلکہ اُس کے لئے کفارِ یورپ سے جہادِ عظیم کئے۔"

بادشاہ علاء الدین نے بعد غورِ دراز اور فکرِ صحیح کے فرمایا کہ جو کچھ تو نے کہا بے شک ٹھیک کہا اور واقعی ہے! آئندہ کبھی کوئی کلمہ اس کے خلاف مجھ سے سرزد نہ ہوگا"۔ رہا امرِ دوم اس کی بابتہ کیا رائے ہے وہ بھی خطا ہے یا صواب ؟

علاء الملک نے عرض کیا کہ :۔

دوسرا خیال حضور کا فی نفسہ بہت ٹھیک ہے اور حضور کی ہمت شاہانہ کی دلیل، لیکن جب سلطان دہلی سے ممالک ایران وغیرہ میں گئے اور مدتِ دراز تک مراجعت نہ فرمائی تو یہاں کون لایق ہے جو نیابت کا کام انجام دے گا۔ اس زمانہ کو سکندر کے عہد پر قیاس نہیں کر سکتے اُس وقت غدر اور بدعہدی شاذ و نادر تھی اور سکندر کو ارسطو جیسا وزیر ملا تھا کہ جب روم کو واپس پہونچا تو مملکت کو بدستور قبضے میں پایا۔ اگر حضور کے پاس ایسے قابلِ اعتماد اشخاص

ہوں تو یہ رائے جہانگیری عین ثواب ہے"
بادشاہ نے بعد غور و تامل فرمایا کہ:- اچھا اگر میں ان عوارض
اور موانع کا خیال کر کے عزم جہانگیری کو ترک کروں تو یہ لشکرہائے
کثیر اور خزائن کس کام آئیں گے؟ اس گوشۂ دہلی پر تو قناعت
نہیں ہو سکتی۔" ملک علاء الملک نے عرض کیا کہ حضور کے حدود
سلطنت سے متصل ہی مہماتِ خطیر موجود ہیں جیسے فتح رن تھنبور
اور چتوڑ و چندیری و دھار نگری اور تمام مالوہ اور اکثر اور علاقے جو
اسلام کے مغرور و متمرد دشمنوں کے قبضے میں ہیں جن سے سلطنت
اسلامی کو خطرہ ہے پہلے ان کو فتح کرنا چاہیے بعد اس کے دنیا
کی فتح کا خیال دل میں لانا چاہیے"
کوتوال نمک حلال کا یہ مشورہ بادشاہ کو اس درجے پسند آیا کہ
فوراً خوش ہو کر اس کو خلعت شیر نشاں زریں کمربند، نصف من
طلا، دو گھوڑے مع ساز و سامان، دس ہزار روپیہ نقد اور
دو گاؤں انعام میں عطا کئے اور فرمایا کہ "ما ہمچنیں کردنی ایم
کہ خدائے عز و جل از زبان تو بیروں آوردہ است"
(ترجمہ فرشتہ از فیروز شاہی)

چونکہ یہ مسلّم ہے کہ مولنا ضیاء برنی مؤلفِ تاریخ فیروز شاہی علاء الملک کوتوال دہلی کے حقیقی بھتیجے تھے اور علاء الدین کے عہد میں خود موجود، لہذا سنی سنائی کسی غیر کی روایت نہیں لکھتے ہیں اپنے گھر کی روایت اور ذاتی علم و واقفیت کے ساتھ تحریر فرماتے ہیں بلکہ اس پر یہ بھی اضافہ فرماتے ہیں کہ بادشاہ نے اسی مجلس میں اُلغ خاں سپہ سالار اعظم کو حکم دیا کہ رن تھنبور پر فوج کشی کی تیاری کرے۔" بادشاہ خود بھی بنفسِ نفیس کوکبۂ بادشاہی کے ساتھ رن تھنبور کی جانب روانہ ہوا اور آخر میں بڑی کشش اور کوشش سے وہ نامور اور مستحکم قلعہ جو ایک بلند پہاڑ کے اوپر واقع تھا[1] ۷۰۰ھ کے خاتمہ سے پہلے پہلے علاء الدین کے ہاتھ پر فتح ہو گیا۔ آخری معرکہ کی کیفیت حضرت امیر خسرو دہلوی رحمہ اللہ تعالے علیہ نے اپنی تالیفِ خزائن الفتوح نام میں جس میں ۷۱۱ھ تک کی فتوحات علائی اور اس کی تعمیرات عظیم اور سوانح بزرگ کا مذکور ہے، اس طرح رقم فرمائی ہے کہ گویا خود موجود کھڑے دیکھ رہے ہیں۔ آپ لکھتے ہیں کہ:-

" راجہ رن تھنبور پر دنیا زندان غنچہ سے تنگ تر ہو گئی ایک شب

---

[1] آج کل ریاست جے پور، (راجپوتانہ) کے علاقے میں ہے اور سوائی مادھو پور اس کا ریلوے اسٹیشن ہے۔

دلتنگی کی وجہ سے قریب تھا کہ اُس کا زہرہ تڑق جائے کہ
اُس نے قلعے کی بلندی پر ایک آگ لالۂ کوہی کی مانند روشن
کرائی جس کے شعلے بہت بلند نظر آتے تھے بہت سے نارپستان
گلرُخ کو اُس آگ میں جھونکدیا کہ آگ سے بھی ایک فریاد
نکلی ! اُن بہشتی وشوں کو اپنے سامنے دوزخ میں بھیجکر خود
ایک تلوار بید کی طرح لرزاں لے کر دو ایک اور بیدینوں کے
ساتھ قلعے سے اُتر آیا اور چاہا کہ نام نیک پر جان قربان کردے
اگرچہ نسیم سحری چل رہی تھی لیکن کمین کشاؤں کی نرگسِ چشم
ہنوز خواب سے دوچار نہیں ہوئی تھی جیسے ہی کہ راجہ وہاں
اُتر کر پہونچا ایک مطرب بُلبُل نوا دبھاٹ، اُس کے ہمراہ آرہا
تھا اُس نے ایک گلبانگ لگائی جسے سُن کر تمام کمین وروں
نے تلواریں سُونت لیں اور نسیم صبح کی طرح لپک کر راجہ
کے سرِ خاک آلود کو جس میں باد سرد بھر گئی تھی ایک ہی وار
میں اُڑا دیا۔" (ترجمہ خزاین الفتوح قلمی)
۷۰۱ھ میں محاربہ رن تھنبور کی تھکی ہوئی فوج نے دم لیا اور کچھ اور

مصروفیات بھی غائب گیر رہیں ۷۰۲ھ میں سلطان نے علاء الملک کوتوال کے مشورہ کے ٹھیک مطابق، چتوڑ پر جو کوتوال کے مجوزہ مذکورہ بالا پروگرام فتوحات میں دوسرے نمبر پر تاریخ فیروز شاہی میں درج ہے، چڑھائی بول دی۔ خود بہ نفسِ نفیس لشکر لے جا کر قلعہ کے گرد اگرد ڈال دیا اور آٹھ مہینے کی جد و جہد کے بعد (جس کو فرشتہ میں غلطی سے چھ ماہ لکھا ہے) قلعے کی فتح کامل اور وہ قلعہ اور مفتوحہ علاقہ اپنی سلطنت میں شامل کر کے چتوڑ سے دہلی واپس ہوا چنانچہ فرشتہ لکھتا ہے کہ بادشاہ خود لشکر بجانب چتوڑ کہ ہرگز مسخر ارباب اسلام نشدہ بود کشیدہ و بعد از شش ماہ محاصرہ در محرم ۷۰۳ھ جبراً و قہراً مفتوح ساخت"

فرشتہ سے بھی قدیم تر اور معتبر و مفصل روایت فتح قلعہ چتوڑ کی خود اپنی چشم دید حضرت امیر خسروؒ نے اپنی تالیف مذکور یعنی خزائن الفتوح میں اس طرح درج فرمائی ہے ؎

داستانِ فتح چیتور است ایں ! کآسمان است از بلندی بر زمیں

یعنی کہ بد دو شنبہ و ہفتاد و دوم جماد

تاریخ عام ہفتصد و دو و گشتہ در شمار

"امسال پنج جہانگیر عہد (سلطان علاء الدین خلجی) نے دمامہ بلند آوازہ

کو بعزمِ تسخیرِ چتوڑ بجانب جانے کا حکم دیا اور علمِ ہلال رقم کو بمشیر روانہ فرمایا۔ چتوڑ پہونچکر حکم دیا کہ لشکر قلعے کے اطراف کو برسنے بادل کی طرح تو بر تو خیموں سے گھیر لے جیسے کہ ابر دامنِ کوہ سے لپٹا ہوا نظر آتا ہے۔ برسات کے دو مہینے تلواروں کا سیلاب کمرِ کوہ تک پہونچ کر رہ گیا۔ عجیب قلعہ ہے! جس کی سرکوبی آسمان کے اولوں سے بھی ممکن نہیں! ایسا فلک پایہ قلعہ جو ابر کی منت و زاری سے بھی خم نہ ہوسکے۔ منجنیقوں کی بھرمار سے قریب تھا کہ زمین میں دھنس جائے لیکن بیت المعمور سے عیسیٰؑ اُس کو عمارتِ دینِ محمدیؐ کی بشارت دیتے تھے[1] اسوجہ سے وہ اپنے وقار پر قائم رہا اور راز کو اپنے اندر نہاں رکھا۔"

بادشاہ چتروروں کے دستور کے مطابق چتر داری نام پہاڑی پر روزانہ اپنا چترِ سفید مثلِ آفتاب لگاکر کاروبارِ جہانگیری انجام دیتا تھا اور بہادرانِ مشرقی کو مغربی مشینوں سے گولہ باری کا ایما فرماتا تھا۔ سپاہ مامور سلیمانی زرہ ہائے

[1] مراد مسجد جو علاء الدین نے قلعے میں فتح کے بعد تعمیر کرائی اور آثار اسکے ہنوز باقی ہیں ۱۲ (مؤلف)

داؤدی پہنے ہوئے اُس قلعے کے گرد جو سبا
سے حکایت کرتا تھا جدوجہد میں مصروف تھی یہاں تک کہ
محرم کے ایام وسط میں پہونچے اور تاریخ آخر شب سے نمودار
ہوئی اور سال وہ تھا جس میں سلیمان بر سرِ تخت بادِ صبا پر[5]
ہوا میں اُڑا ہوا جا رہا تھا یعنی ؎

دوشنبہ روز محرم یکے و دہ ز ہجرت رسول شدہ ہفصد و سہ سال

اس تاریخ سلیمانِ عہد تختِ باد پر سوار ہوا اور اُس قلعے
کے اوپر جہاں پرندے کا پر مارنا محال تھا، پہونچ گیا۔ میں کہ
ہُد ہُد اس سلیمان کا ہوں ہمراہ رہا ہر چند کہا گیا مگر میں نہیں باز
آیا اس خوف سے کہ مبادا مجھ پر عتاب ہو کہ کیا وجہ ہے کہ
ہد ہد نظر نہیں آتا؟ کیا وہ غیر حاضر ہے؟ اور اگر مجھ سے غیر حاضری
کی وجہ دریافت کی گئی تو میں کیا جواب دے سکوں گا !
مرغِ ضعیف کی کیا طاقت کہ اس خطاب کی کہ مجھ کو سزا

---

[5] سلیمان کے پورے عدد اور سر تخت یعنی ت کے ۴۰۰ اور باد صبا اور ہوا کے
اعداد کا مجموعہ ۷۰۳ھ یعنی سال فتح چتوڑ برآمد ہوتا ہے۔

دی جائے گی، تاب لا سکے!"

برسات کا زمانہ تھا کہ فرمانروائے بحر و بر کا ابر چتر سفید اُس بلند
پہاڑ کی چوٹی پر نمودار ہوا اور وہ دوزخ کا کُندہ، راجہ جس پر بادشاہ
کے غیظ و غضب کی بجلی گری تھی، سراپا سوختہ، ایک شرر
کی طرح سنگین دروازے سے نکل پڑا اور اپنے تئیں پانی میں
دے مارا یعنی جہاں پناہ کی طرف دوڑ کر پناہ لی اور برق
شمشیر سے امان پائی۔ ہندو کہتے ہیں کہ پیتل کی چیز پر بجلی گر
پڑتی ہے راجہ کی صورت زرد پیتل کی مورت ہو گئی تھی ۵

برقِ خنجر و سنان سے یقیناً اس کو اماں نہ ہوتی
اگر بارگاہِ شاہی میں سراچۂ دولت کے سامنے آجاتا

اگرچہ باغی تھا مگر نسیم اخلاق شاہانہ نے نہ چاہا کہ ہوائے گرم اُس
کو مس کرے لیکن سموم قہر دیگر باغیوں کی طرف رواں کی گئی
اور حکم دیا گیا کہ ہندوے سبزہ رنگ کو جہاں پائیں مثل سبزہ
تر و گیاہ خشک کاٹ ڈالیں!
چنانچہ اس حکم سخت کے بموجب اُس ایک ہی دن میں تخمیناً تین ہزار

دوزخ کے کندے سبز جوہر آلی تلواروں سے دوپارہ کردیے گئے
تمام سبزہ زار خضر آباد (چتوڑ کا تازہ اسلامی نام) ایسا نظر آتا تھا
گویا اُس میں "مردم گیاہ" اُگی ہے! تمام بیخ فرو بردگان زیر
تیغ بیدریغ کردئے گئے اور رعایائے خوشہ چین، جس سے
ایک خار کی خلش بھی نہیں ہوا کرتی، نہال کردی گئی!
اُس گلزار بہشتی نواح کو گل گلزار عظیم سلطنت خضر خاں (ولیعہد)
کے حوالہ کیا گیا اور خضر آباد اُس کا نام رکھا خضر خاں کے
سر پر چتر لعل جو مثل سایہ بان اطلس فلک، آسمان اخضر پر
نظر آتا تھا شامیانہ کیا گیا اور خلعت مرصع شاہزادے کو پہنایا
خلعت کیا تھا فیروزی رنگ کا گویا ایک آسمان تھا ستاروں
بھرا! بارگاہ (خضر خاں) پر دو علم زرد و سیاہ ایسے بلند
نصب کئے گئے کہ اُن کی بلندی دیکھ کر خورشید و کیوان کے
علم بھی صفرادی اور سوداوی ہوگئے! ایک دورباش
دورنگی جس کی ہر زبان ایک شعلہ شمع خورشید کا تھی،
خضر خاں کے کوکبۂ دولت کی زینت بنائی گئی۔ زاں بعد

لعل و زمرد کی نچھاور سے شہزادے کے گلبنِ وجود کو سرسبز
و سرخرو کیا گیا اور جب مراتب خضر خانی کی ترتیب اور خضر آباد
کے انتظامات سے فراغ کلّی حاصل ہو گیا تو ؎
سمندِ دولت کی لگام فتح و فیروزی نے تھام کر التجا کی کہ
سبزہ گانِ رکاب کو سبزہ سیری دہلی علائی کے سبزے سے کام دیا جائے
چنانچہ بعد عشرۂ محرم علم خلافت محمدی حسنِ اتفاق کے ساتھ جملہ
ہنود کے سرغنہ کو مقہور کر کے مدینۃ الاسلام دہلی کی طرف
واپس روانہ ہوا (انتہےٰ بیانِ حضرت امیر خسرو دہلوی رح خود از خزائن الفتوح)
بزرگ و مقدس و معتبر اور علاء الدین کے ہمعصر مورخ مولانا ضیاء الدین برنی رح
مولف تاریخ فیروز شاہی کی براہ راست ذاتی واقفیت پر مبنی اور مفصل شہادت
سے اگر اس ادعا کی پیشتر قطعی تردید ہو گئی تھی کہ چتوڑ کے حملہ کا باعث اور
محرک پدمنی کے عشق کی آگ اور شعلہ اشتیاق ہوا تھا تو حضرت امیر خسرو رح
جیسے نامور مسلم الثبوت و مستند شخص، سلطان کے مقرب اور ہمعصر اور فتح چتوڑ
کے ہنگام میں ہمرکاب مورخ خاص فتوحات علائی کی ذاتی اور عینی شہادت
سے مولانا آزاد وغیرہ کے بیان، کی ان سب ہفوات کی قطعی بیخ کنی اور استیصال

ہو گیا کہ (۱) چتوڑ کی فتح سے سلطان بار اوّل مفرور رہ گیا تھا (۲) بار دوم کے حملے میں چتوڑ فتح ہوا (۳) راجہ اور اس کے کنور کٹ کر مارے گئے (۴) رانیوں اور بھگلانیوں نے جوہر کر لیا (۵) راجہ کا بغریب قید ہو کر دہلی جانا اور (۶) قلعہ کا سرداروں اور ٹھاکروں کے قبضہ میں بدستور باقی رہ جانا اور (۷) ان حالات کا ضمیمہ سولہ سو راجپوتوں کا ڈولیوں کے پردے میں جانا (۸) اور راجہ کو قید سے چھڑا لانا۔ یہ سب بھی نہ صرف ڈھکوسلا ظاہر ہوا بلکہ ثابت ہوا کہ قلعے کا غیر مفتوح ٹھاکروں اور سرداروں کے قبضہ میں بدستور چھوٹ جانا گیا۔ وہاں کوئی ٹھاکر اور سر برآوردہ نام کو بھی باقی نہیں چھوٹا تھا انکے وجود سے چتوڑ اور تمام علاقہ چتوڑ پاک کر دیا گیا تھا یہاں تک کہ چتوڑ کا نام بھی چتوڑ نہیں رہا بلکہ جدید حکومت کے تحت خضر آباد نام سے موسوم ہو کر ولی عہد کی ولایت بنا دیا گیا تھا۔ قدیم سر برآوردوں اور زمینداروں کے گھرانوں اور ٹھکانوں کا یک قلم استیصال کر دیا گیا تھا تاکہ آئندہ انتظام و حکومت میں کوئی خلش باقی نہ رہ جائے زمینداران مسلط علاقہ کے مستاصل ہو جانے سے رعایائے کاشتکار نہال اور فارغ البال کر دی گئی تھی اور سالہائے دراز تک رعایا کسی سردار و زمیندار کے جڑ پکڑنے کی خوگر و روادار نہ ہوئی ہو گی غالباً یہ سرداران و سربرآوردگانِ علاقہ کے اسی

قتل عام کی وجہ سے ہی کہ آئندہ ہندوستان کے عہد اسلامی کی تاریخ میں چتوڑ کا نام مدتہائے دراز تک سننے میں نہیں آتا اور نہ چتوڑ کی جانب کوئی شورش یا بغاوت متواتر کئی سلطنت تک تواریخ میں مذکور یا مشہور پائی جاتی ہے گویا عرصہ دراز کے لئے اس قتل عظیم نے ہر ایک فتنہ اور شور و شر کو علاقہ مذکور میں گہری نیند سلا دیا تھا!

مگر یہ استدلال اُٹھایا جا سکتا ہے کہ حضرت امیر خسروؒ کے منقولہ بالا بیان واقعہ کے بعض فقرات کے ان خط کشیدہ الفاظ سے کہ :-

(۱) قلعہ نے راز کو اپنے اندر نہاں رکھا (۲) سپاہ ماموری سلیمانی (۳) زرہ ہائے داؤدی پہنے ہوئے (۴) قلعہ جو سبا سے حکایت کرتا تھا (۵) میں کہ ہد ہد اس سلیمان کا ہوں" کیا یہ شبہ نہیں پیدا ہوتا کہ قلعے میں کوئی راز پوشیدہ تھا؟ اور چونکہ حضرت امیر خسروؒ نے خط کشیدہ الفاظ و عبارات میں محاربہ چتوڑ کو حضرت داؤدؑ کے قصے اور حضرت سلیمانؑ کے ملکہ سبا کے واسطے شہر سبا پر چڑھائی کرنے کے واقعات سے صریحاً تشبیہ دی ہے کیا یہ استدلال نہیں کیا جا سکتا کہ حضرت سلیمان کی طرح سلطان نے پدمنی کے واسطے چڑھائی کی تھی اور حضرت داؤد کی طرح زوجۂ غیر کا طالب ہوا

تھا؟ سوال ہو سکتا ہے کہ کیا یہی وہ راز نہیں ہے جس کی طرف مورخ نے اشارہ کیا ہے کہ قلعے نے اپنے اندر راز کو نہاں رکھا؟ چتوڑ کو شہر سبا سے تشبیہ دی گئی ہے یہ تمام تشبیہ قصہ سلیمانؑ کی (جس میں ہدہد کی خدمات خود حضرت مورخ نے قبول فرما کر قصہ سلیمان سے واقعہ چتوڑ کی نسبت ہر طرح کامل کرنے میں سعی فرمائی ہے چتوڑ میں پدمنی کا وجود بجائے بلقیس شہزادی سبا، تسلیم کئے بغیر کیا ایک ناقص تشبیہ نہیں رہ جاتی؟ حالانکہ مورخ کا منشا اس کو کامل بنانے کا مترشح ہوتا ہے۔ العاقل تکفیتہ الاشارہ لہذا ان اشارات مورخ کو کافی دلیل اس قصے کی واقعیت اور قلعہ میں نہ صرف پدمنی کے وجود کی بلکہ اسی کی طلب میں محاربہ چتوڑ کے عمل میں آنے کی وجہ سمجھنا چاہیے۔ حضرت مورخ ایک ایسی تاریخ میں جس کا بادشاہ کی نظر سے گزرنا یقینی تھا وہ بات جو اس کے لئے نہایت شرمناک تھی اور ہزیمت پر اس کا انجام ہوا یعنی زوجۂ غیر کی طلبگاری بادشاہ سے منسوب نہیں کر سکتے تھے صاف صاف نہیں لکھ سکتے تھے اس لئے ان اشارات میں اصل واقعہ کا گم میں اظہار کر کے آپ نے حقِ مورخی ادا کر دیا ہے!

مختصر جواب اس شبہ اور استدلال کا جو حضرت امیر خسروؒ کی شاعرانہ

تشبیہہ قصہ سلیمانؑ و داؤدؑ کی بنیاد پر کیا جا سکتا ہی یہ ہے کہ خزائن الفتوح از سر تا پا مرصع عبارات میں جو بیّن طور پر ہر قسم کے ضلع جگت اور تلمیحات سے مملو و آراستہ ہیں تحریر ہوئی ہے گویا نثر میں شاعری کی گئی ہے لیکن یہی ایک موقعہ نہیں جہاں بادشاہ کو حضرت سلیمانؑ سے نسبت دی گئی ہو۔ اور بھی دو ایک مقام میں ایسی عبارت آگئی ہے اور واقعۂ زیر بحث میں تشبیہہ قصہ سلیمانؑ لائی گئی ہے حالانکہ اُن مواقع پر کوئی شائبہ اس کا نہیں کہ بادشاہ کسی بلقیس کا طالب ہے یا کسی پری کی دنبالہ گیری میں مصروف ہے۔

دوسرا جواب یہ ہے کہ تشبیہہ کے ناقص رہ جانے کے اندیشہ سے اُس کو اس حد تک دراز کرنا کہ اس میں ایک بلقیس کا بنام پدمنی وجود پیدا ہو جائے کیا ضرور ہے جبکہ تشبیہہ سبا کی جو شہر کا نام تھا قلعہ چتّوڑ سے سمجھ لینا بھی کفایت کرتا ہے اور تشبیہہ فی الجملہ ناقص نہیں رہتی۔

شہر سبا سے تشبیہہ کو شہزادی سبا تک طول دینا تشبیہہ کو کامل تر کرنے کی سعی تو ہے لیکن پھر اُس کو اسی حد پر ختم کر دینے کی کوئی وجہ نہیں ہو گی بلکہ جس حد تک قصہ سلیمان میں گنجایش ہو تشبیہہ کو طول دینے سے

انکار نہیں کیا جا سکیگا یعنی جس طرح حضرت سلیمانؑ کی بالقیس سے ملاقات ہوئی ہُدہُد سواری کے ساتھ تھا اور بالآخر دونوں کو وصل اور ہم آغوشی نصیب ہوئی وغیرہ وغیرہ اِس تشبیہہ کی کامل تر صورت میں ماننا پڑے گا کہ بادشاہ بہمراہی حضرت امیر خسروؔ پدمنی کی ملاقات کو گیا آپ ہندی کے ماہر تھے بلکہ ہندی کے اعلےٰ شاعر پدمنی اور بادشاہ کے درمیان ترجمانی کیواسطے آپ کی ضرورت تھی اور اسی اندیشہ سے آپ بادشاہ کے ہمرکاب رہنے سے باز نہ رہے کہ اگر ترجمانی کے لئے ضرورت ہوئی اور میں موجود نہ پایا گیا تو ہُدہُد کی طرح موردِ عتاب ہوں گا۔"

غرض چتّوڑ کی سَبا سے تشبیہہ پر یعنی شہر کی شہر سے نسبت پر قناعت نہ کرکے تشبیہہ کو زیادہ دراز کرنے والوں کے اولٹی آنتیں گلے میں پڑ جاتی ہیں اور پدمنی کا سلطان سے وصال ثابت ہونے لگتا ہے جو ہرگز معترضین کا مقصود و مدعا نہیں ہے۔

بہرحال اگر کسی منطق اور دلیل کی رو سے یہ تسلیم بھی کر لیا جائے کہ حضرت سلیمانؑ و داؤدؑ کے قصہ سے محاربہ چتّوڑ کی تشبیہہ اسی حد تک مطابقت رکھتی ہے جہاں تک کہ پدمنی سے ہم آغوشی اور وصال نہ ہو" تو یہ ایک

سلیمانؑ کامل وکامیاب سے سلیمان ناقص وناکامیاب کی تشبیہ ہوگی جس کو عقل قبول نہ کرے گی جب تک کہ پدمنی کا وجود قلعہ میں مُسلّم رہے گا۔

اگر یہ فرض کیا جائے کہ حضرت امیر خسرو نے راجہ کو "برق زدہ خشم خدایگانی اور سرد پاسوختہ لکھا ہے تو ان الفاظ سے غالباً یہ مراد ہے کہ وہ اپنے خانماں کو پھونک کر پدمنی کو خاک سیاہ کر کے آگ لگا کر آیا تھا مگر یہ قیاس بھی ناممکن ہے جب تک کہ راجہ کو امانِ جان دیا جانا اور نسیم اخلاق شاہانہ کا مہندل ہونا حضرت امیر خسروؒ کی خبر میں مسلّم ہے کیونکہ علاء الدین جیسے سلطان جبار و قہار کی آتشِ غیظ و غضب سے اس کو ہزاروں کوس دُور ولبیدہ سمجھنا چاہیے کہ پدمنی جس کے لئے اس نے دہلی سے چتوڑ تک لشکر کشی کی زحمت گوارا کی ہو اسی کو نذر آتش کر کے جان کی امان چاہنے والے راجہ کو خونِ معشوقہ معاف کر دیا ہوگا اور پدمنی کے قاتل کو گلے سے لگا کر کلیجہ ٹھنڈا کیا ہوگا ؎

گندم اگر بہم نرسد بھس غنیمت است

ہذا برق زدہ خشم خدایگانی وغیرہ جلے بھنے الفاظ سے وہی مراد لینی چاہیے جو حقیقت میں مورخ کی ان الفاظ سے مراد ہے یعنی

منجنیقوں کے ذریعہ پتھر، بان اور نفط کے گولوں کی چو طرفہ آتش باری اور بھرمار سے راجہ کی آسیب زدگی، ہراس اور اضطراب یہاں تک کہ وہ مثلِ شرار از سنگ جستہ قلعے کے دروازۂ سنگین سے مضطر ہو کر نکل پڑا اور سلطان فتح کرتا ہوا قلعہ کے اوپر چڑھ گیا۔ حضرت امیر خسروؒ کی ابیات ذیل سے بھی جو تسخیرِ چتوڑ کے ہی متعلق ہیں اور آپ کی مشہور مثنوی دولرانی و خضر خاں سے منقول ہوتی ہیں راجہ کا یہ ہراس و اضطرار ظاہر ہے آپ لکھتے ہیں ؎

بدولت کرد زاں پس عزمِ چتوڑ — خرابی داد آں ہم را بہ یک دور
درآں ہم بود رائے لشکر آرائے — گراں جنبش و زاں رایاں سبک پائے
بہ تختِ ہنداں گر باز پرسی — بہ بالا بر شدہ از ہفت کرسی
چناں آں قلعہ را بگرفت آساں — کہ ہندو شد بہ برجِ خود ہراساں

یعنی علاء الدین نے اس کے (رن تھنبور کے) بعد قصد چتوڑ کا کیا اور اُس کو بھی ایک ہی حملے میں فتح کر لیا وہاں بھی ایک راجہ لشکر آرا تھا گراں قدر جس کے سامنے دوسرے راجہ گریزاں تھے۔ ہندوؤں کے تختِ سلطنت پر اگر پوچھو تو یہ راجہ سب سے ہفت کرسی کے برابر بلند تر تھا۔ اس قلعے کو بھی علاء الدین نے ایسی آسانی سے لے لیا کہ ہندوئے فلک (مریخ) بھی اپنے برج میں

خوف و ہراس سے گھبرا گیا کہ اب میری بھی خیر نہیں!

ان ابیات میں الفاظ یہ پیک و درّے گُذر اس کی تصدیق ہو گئی کہ قلعہ چتوڑ ایک ہی یورش میں لے لیا گیا تھا کوئی دوسری لشکر کشی اس پر ١١٣ہجری تک بلکہ اس کے بعد بھی نہیں ہوئی ۔ وردنہ خزائن المفتوح یا فیروز شاہی ہیں ضرور مذکور ہوتی کہ دونوں اس عہد کے اہم واقعات کی ہمعصر تاریخیں ہیں ۔

پس افسانہ مثنوی پدماوت کے ایک قصہ باطل ہونے میں شک نہ رہنا چاہیئے ورنہ بیان کرہ کہ علاء الدین کی فوج کشنی پدمنی کے عشق و اشتیاق میں ہوئی تھی یا مانا بھی یہ لازم آئے گا کہ پدمنی کو معہ قلعہ سلطان کے حوالے کرکے راجہ نے جان کی امان پائی ۔ اگر پدمنی کو جلا کر راکھ کرکے سلطان سے جان کی امان چاہتا تو قائل مثوقہ کو سلطان کبھی پناہ نہ دیتا اور نسیم اخلاق شاہانہ "جو اس پر مبذول ہوئی بجائے اس کے سوم قہرہ اس پر بھی چلتی اور سب سے پہلے اسے ہلاک کیا جاتا ۔ اس تمام قصے کے افسانہ باطل ہونے پر راجہ کا نام "رتن سین" ہی کافی دلیل ہے ۔

موجودہ خاندان میوار با دگار خاندان چتوڑ کے خاص مورخ کرنل ٹاڈ مؤلف "تاریخ راجستھان" اپنی تاریخ میں بڑی تفصیل کے ساتھ لکھتے ہیں کہ

کس طرح اُنھوں نے رانائے میواڑ کے قدیم کرسی نامے کو قدیم کتبوں، پُرانے سکوں، کہنہ کاغذوں، سندوں، پوتھیوں، یاد داشتوں، رانا کی گھر پلوردا تیوں رشتہ دار راجاؤں کے نسب ناموں، درباری کہیسروں اور بادِ فروش بھاٹوں کی حکایات وغیرہ وغیرہ سے مقابلہ و تصحیح کرکے مرتب اور شاملِ کتاب کیا ہے" یہی نسب نامہ خاندانِ میواڑ کا بھی اب ملکہ ہے اور اسی پر تاریخِ میواڑ کا دارو مدار ہے۔ اس نسب نامے میں چتّوڑ کے حکمرانوں کی فہرست میں علاءالدین خلجی کا ہمعصر یا اُس سے قدرے پس و پیش بھی کوئی رانا رتن سین نام نہیں گزرا، البتہ ڈھائی سو سال بعد یعنی عہدِ شیرشاہ تصنیفِ مثنوی پدماوت کے عین زمانے میں مشہور رانا سانگا (حریف بابر بادشاہ) کا بڑا بیٹا رتن سین نام چتّوڑ میں فرمانروا تھا۔ صاف ظاہر ہے کہ حضرتِ مصنف نے جب اپنے علم و فضل اور شاعری کے اظہار کے لئے ایک داستان لکھنا قرار دیا اور اُس کا ڈھونچہ یہ تجویز کیا کہ ایک مسلمان سلطان ایک ہندو راجا پر اُس کی حسین رانی کے عشق و اشتیاق میں چڑھائی کرتا ہے" تو اس سوال کا حل بھی ضروری ہوا کہ سلطان کون اور کہاں کا ہو، اور راجہ بھی کہاں کا اور اُس کا کیا نام ہونا چاہیئے؟

لہٰذا آپ نے سلطانِ سلطان علاء الدین کو قرار دیا جس سے بڑا یا زبردست فاتح کوئی سلطان یا بادشاہ ہندوستان کی تاریخ میں نہیں گزرا، اکبرِ اعظم کا زور وطاقت، شاہجہاں کی دولت وثروت اور اورنگ زیب کی حدودِ سلطنت کی وسعت، علاء الدین کے زور وطاقت اور دولت و ثروت اور وسعت کے سامنے ہیچ نظر آتے ہیں۔ بمقابلہ اس کے حضرت مصنّف مثنوی نے راجہ رانائے چتوڑ کو قرار دیا جس سے سرآمد تر کوئی راجہ راجگان ہندوستان میں نہیں تھا[1] چونکہ علاء الدین کے ہمعصر رانا کا نام حضرت کو معلوم نہ تھا لہٰذا آپ نے اپنے عہد کے رانا فرمانروائے چتوڑ کا نام مثنوی میں قائم کر دیا اِس کے سوا اور کوئی وجہ مثنوی میں خلاف واقعہ اور خلاف نسب نامہ راجہ کا نام رتن سین درج ہو جانے کی تصوّر میں نہیں آسکتی!

مثنوی کے راجہ کا نام مصنّف کے ہمعصر رانائے چتوڑ کا نام ثابت ہو جانے سے توجہ اُس طرف بھی منعطف ہوتی ہے کہ شاید مثنوی کے

---

[1] دیکھو امیر خسروؒ کی ابیات منقولۂ بالا جس میں رانا کو تمام راجگان ہندوستان میں "بہ بالا برشدہ از ہفت کرسی" لکھا ہے

دیگر دلچسپ اور درخشاں بیانات بھی تاریخ میں سراغ لگانے سے مصنف کے عہد کے ہی واقعات بہ تبدیلِ نام ثابت ہو سکیں۔

یہ مسلّمہ امر ہے کہ اگر افسانہ نگاروں اور داستان نویسوں کے نوشتہ واقعاتِ داستان کی تلاش و تجزی کامل ہو سکے تو اُن کے افسانوں اور داستانوں کے مفروضات اُن کے مشاہدے اور تجربے میں گزرے ہوئے یعنی اُن کے دیکھے یا شنیدہ واقعات اور سوانح ظاہر ہوں گے اور یہ پایا جائے گا کہ انہی کو بدل بدلا کر اور کہیں کی اینٹ کہیں کا روڑا ملا کر افسانہ اور داستان کی صورت میں اُن کو ڈھال لیا گیا ہے نقل بانقل تطبیق دینے سے اگر کچھ تفاوت لابُد ظاہر ہو تو اس کو مؤلف کا اندک تصرف اور افسانہ نگار کی ضرورتِ افسانہ سمجھنا چاہئے۔

اس سراغ پر چلنے اور اس مسلّمہ پر عملدرآمد کرنے سے یعنی عہدِ مصنف کی تواریخ اور سوانح میں تلاش اور تفحص کرنے سے مثنوی کی جان اور اس کا سب سے پھڑکتا ہوا اور دلچسپ بیان: "ڈولیوں اور پالکیوں میں مسلح راجپوتوں کا جانا اور راجہ کو قید سے چھڑا لانا" یہ حکایت بھی خاص مصنف کے عہدِ زندگی بلکہ عین ایامِ تصنیفِ مثنوی کا واقعہ ثابت ہوتی ہے

تاریخ فرشتہ میں بذیل سوانح شیر شاہ سور جس کے نام پر مثنوی منجانب
مصنف خاص طور پر معنون بھی کی گئی ہے یہ قصہ اس طرح مذکور ہے:-

"ہمایوں کو صوبہ بہار سے خارج کر کے شیر شاہ کو بنگالہ کی
ہوس ہوئی مگر اہل و عیال اور خزانہ کے لئے متفکر تھا کہ خود
اس مہم پر جائے تو اُن کو کہاں محفوظ چھوڑ جائے؟ قلعہ رہتاس
اپنی عظمت و استحکام کی وجہ سے نہایت محفوظ اور اس مقصد
کے لئے از حد موزوں مقام تھا۔ آخر بہت غور و فکر کے بعد
شیر شاہ نے راجہ (قابضِ قلعہ) کو لکھا کہ میں بنگالہ جاتا ہوں
اور اپنے اور اپنے سردار و سپاہ کے اہل و عیال اور
خزانہ تیری حفاظت اور دوستی کی پناہ میں چھوڑنا چاہتا
ہوں اگر زندہ بچا تو حقِ خدمت ادا کروں گا ورنہ خزانہ
تجھ کو مبارک! اور ہمارے ناموس اہل و عیال مغلوں
کی بہ نسبت جو ہمارے دشمن ہیں تیری حفاظت میں زیادہ
محفوظ رہیں گے۔"

"راجہ نے اس پیام کو خزانے کے لالچ میں قبول کر لیا

ایکہزار ڈولیوں میں دو ہزار مسلح افغان دو ہزار کہار ڈولیوں
کے اور ایک ہزار مزدور خزانے کی اشرفیوں کے جو سب
کے سب سپاہی تھے قلعے کو روانہ ہوئے۔ آگے کی
چند ڈولیوں میں مصلحتاً بوڑھی عورتیں بٹھا دی گئی تھیں
اُن کی سرسری تلاشی لینے کے بعد تمام زنانہ اور خزانہ قلعے
میں داخل کر لیا گیا۔ اندر پہونچتے ہی سوری افغان
تلواریں سونت کر ڈولیوں کے اندر سے دفعتاً نکل کر
راجہ کے آدمیوں پر ٹوٹ پڑے۔ خزانے کے مزدور اور
ڈولیوں کے کہار بھی سپاہی بن گئے اور دروازے قلعے کے شیر شاہ
کے لئے جو قریب ہی کان لگائے کھڑا تھا کھول دئے
گئے۔ راجہ نوک دُم نکل کر بھاگا اور قلعے پر قبضہ
شیر شاہ کا ہو گیا"۔ (منقول از فرشتہ)
قلعۂ رہتاس ہندوستان کا ایک مشہور و معروف قلعہ ہے۔ اُس کی
ایسی آسان تسخیر بایں تدبیر شیر شاہ کے چند سالہ عہد کا جس میں مثنوی
لکھی جا رہی تھی ایک عظیم الشان کارنامہ تھا جس کا غلغلہ زمین سے آسمان تک

پہونچا ہوگا۔ عجب نہیں کہ دورانِ نظم مثنوی میں راجہ کو قیدِ علائی سے
رہائی دلانے کی کسی دلچسپ تدبیر کی فکرِ اختراع میں مصنّف کا قلم
رُکا ہی ہوا ہو کہ اِسی اثنا میں رُہتاس کی اس نادر تدبیر سے قلعہ
کُشائی کا غُل مصنّف کے گوش زد ہُوا اور اُنھوں نے اِسی کو
مِن عطیاتہ تعالےٰ! کہہ کر مثنوی میں اِس خوبصورتی کے ساتھ ٹانک
لیا کہ اُس کا جوڑ پیوند بھی آج وصل ہو چکا ہے تمیز میں آنا محال ہے
چنانچہ شیر شاہ کی شگوفہ کاری سے ڈھائی سو برس پہلے پدمنی
کی سواری مثنوی میں بے تکلف آراستہ و پیراستہ نظر آ رہی ہے اور
اُس تدبیر کے اختراع کا سہرا کہیں گورا بادل نامی پدمنی کے رشتہ داروں
کے سر باندھا جا رہا ہے۔ کہیں راجہ کی عقلمند دختر کے سر منڈھا جا رہا ہے۔

داستانِ پدماوت کا یہ سب سے دلچسپ اور اہم ترین بیان عہدِ
مصنفِ مثنوی ہی کے اوراقِ تواریخ میں مل جانے کے بعد ما بقی
جزو روایت کی جستجو بھی اُسی زمانہ کی تواریخ میں ناکام ثابت نہیں ہوتی۔ اسی
عہد میں شیر شاہ کے ہمعصر سلطان بہادر گجراتی نے ۹۳۸ھ میں سلہدی
نام راجہ رائسین پر چڑھائی کی ہے مقصد اِس لشکر کشی کا راجہ کے

رنواس (زنانخانے) میں سے تخمیناً ڈھائی سَو مسلمہ عورات کو رہائی دلانا ہے جن کو سلہدی نے عیاشی کے لئے اپنے محل میں گھیر رکھا ہے لیکن یہ مقصد اِس اندیشے سے کہ مبادا آگاہ ہو کر سلہدی اُن عورات کو فوراً ہلاک کر دے، مخفی رکھا جاتا ہے، پہلے اُس کو اور پھر اُس کے رنواس کو قبضے میں لانے کی کوشش کی جاتی ہے۔ سلہدی اپنی ذات کو سلطان کے حوالے کر دیتا ہے اور روایت یہ ہے کہ اسلام بھی قبول کر لیتا ہے۔ مسلمانوں کے ساتھ اُس کا کھان پان سب کچھ ہو جاتا ہے۔ بادشاہ اُس کو رائسین کے علاقہ سے بھی بڑا علاقہ عطا کرتا ہے لیکن سلہدی کی رانی دُرگاوتی جو چتوڑ کی بیٹی ہے اور مشہور رانا سانگا کی دختر، قلعہ خالی نہیں کرتی۔ سلطان کو یہ فریب آمیز جواب بھیجتی ہے کہ:۔

"ظاہری آبرو اعزاز قائم رکھنے کے لئے حضور سلہدی کو بھیج دیں وہ خود آ کر ہمیں لیجائے۔"

رانی دُرگاوتی نے فراست سے سمجھ لیا تھا کہ سلطان کا اصل مقصد رنواس کو قبضے میں لانا ہے۔

"اِس بھروسے پر کہ سلہدی مسلمانوں کے ساتھ کھان پان کر چکا ہے اب اپنی قوم میں واپس شامل نہیں کیا جا سکتا سلطان نے بہادر

اس کو قلعے پر جا کر رانیوں وغیرہ کو لے آنے کی اجازت دیدیتا
ہے۔ لیکن بالائے قلعہ پہونچ کر سلہدی پھر رانی کے اغوا
اور غیرت دلانے سے مرتد اور باغی ہو جاتا ہے۔ رانی ایک
بہت بڑی چِتا مشتعل کراتی ہے جس میں اپنے آپ معہ دیگر
عوراتِ رنواس کے جوہر کر لیتی ہے اور اُن مسلمہ عورات کو
بھی جو سلہدی کی قید عیاشی میں تھیں آگ میں زبردستی ساتھ
گھسیٹ لیتی ہے اُدھر سلہدی اور اس کے سردار و سپاہ
سب کیسریا جامے پہن کر زندگی سے ہاتھ دھو کر سلطان
کی فوج پر حملہ آور ہوتے ہیں اور بے جگری کے ساتھ
لڑ کر مر جاتے ہیں قلعہ اگرچہ فتح ہو جاتا ہے لیکن سلطان
بہادر کو راجہ کے زنانے کا وجود اور نشان راکھ کے ایک
ڈھیر کے سوا کچھ نہیں ملتا شاید ایک مسلمان عورت چِتا
کے کسی غیر سوختہ گوشہ میں لکڑیوں کے نیچے دبی ہوئی
زندہ مل جاتی ہے۔''

(ماخوذ از مرآت سکندری جو شاہان گجرات کی مشہور و معتبر فارسی تاریخ ہے اور طبع ہو چکی ہے)

رائسین ۹۳۸ھ میں فتح ہوا۔ ۹۴۷ھ میں یعنی اس کے ایک دہے کے اندر ہی مثنوی لکھی جا رہی تھی۔ اُس کا پیکر اس سے پیشتر قرار پا چکا ہوگا۔ اڑھائی سو مسلمان عورتوں کے ایک غیر مسلم کے پنجۂ جبر و استبداد میں گرفتار ہو جانے اور زبردستی آگ میں جھونک دیے جانے کا واقعہ ایسا نہ تھا جس کی سنسنی اُس عہد کی اسلامی دنیائے ہندوستان میں نہ پھیلتی اور مصنف علیہ الرحمہ اُس سے بے خبر رہ جاتے۔ بلکہ اس واقعہ کا ایسا گہرا نقش حضرت کی ذکی الحس شاعرانہ طبیعت پر ہوا کہ اُس کے اثرات نے اُس مثنوی کے پیرایہ میں بھی تراوش کی جس کی تصنیف کے حضرت کی طبیعت میں اُس وقت جوش بھرے ہوئے تھے۔ اِس واقعہ کے خط و خال، مثنوی پدماوت کے خط و خال یعنی:۔ (۱) سلطان علاء الدین کے چتوڑ پر حملہ آور ہونے (۲) رانی کو قابو میں لانے کے لئے (۳) راجہ کو نئے علاقوں اور پرگنوں کا فریب دے کر رام کرنے (۴) راجہ پر زور ڈال کر رانی کو طلب کرانے (۵) چتوڑ کی عقلمند بیٹی کی حکمت عملی کی بدولت راجہ کے رہا ہو کر واپس قلعہ پر پہونچنے (۶) پدمنی کے معہ اور رانیوں اور ٹھکرانیوں کے جوہر کر لینے (۷) راجہ اور اُس کے سورما سرداروں اور

راجپوتوں کے کٹ کٹ کر مر جانے (۸)، سلطان کے قلعہ پر پہونچکر راجہ کے زنانے کا تجسّس کرنے (۹)، مگر راکھ کا صرف ایک ڈھیر پانے وغیرہ مراتب سے کس قدر مشابہ اور مماثل ہیں کہ اگر اس میں ڈولیوں کے پردے میں مسلّح سپاہیوں کے جانے کا دلچسپ ضمیمہ شیر شاہ کی تدبیر فتح قلعہ رہتاس سے لے کر چسپاں کر دیا جائے تو عہدِ مصنف کے یہی مشہور واقعات نام اور مقام اور زمانہ بدل کر علاءالدین اور پدمنی کی وہی داستان بن جاتی ہے جو مثنوی میں بیان ہوئی ہے!

ایک اور ثبوت بھی قصّے کے فرضی اور خلاف واقعہ ہونے کا نفسِ مثنوی ہی میں یہ پایا جاتا ہے کہ اُس کی ابیات میں علاقۂ میواڑ کے ایک دوسرے نامور قلعے ثانیِ چتوڑ یعنی قلعہ کھنبلمیر کا نام بار بار آیا ہے مثلاً ان ابیات میں ؎

چتوڑ گڑھ اور کھنبل میری — ساجے دونوں جیس سمیری

(ترجمہ) چتوڑ اور کھنبل میر کے قلعے آسمان کی طرح سجے یعنی مسلّح اور مستحکم کیے گئے"

کھنبل میر گڈھ گم بانکا — بکھم پنتھ چڑھ جائے نہ جھانکا

(ترجمہ) کھنبل میر کا قلعہ بڑا بانکا ہے۔ اوپر چڑھ کر جھانکنا محال ہے!

میواڑ کی صحیح و مستند تواریخ میں اس قلعے کی تعمیر رانا کُھنبا سے منسوب ہے جو ۳۵ سال حکمرانی کے بعد ۱۴۶۹ء میں اپنے ناخلف ولیعہد کے ہاتھ سے قتل ہوا (تاریخ راجستان صفحہ ۱۶ مطبوعہ مطبع خاص سرکار اودے پور ۱۸۸۹ء) مثنوی میں صرف اس قلعے کا نام ہی نہیں آتا بلکہ قصہ کا دردناک انجام بھی جو پدمنی کے بھی خاکستر ہو جانے پر منتہی ہوا یعنی رتن سین کا راجہ کھنبل میر کے ہاتھ سے کھنبلمیر کے ہی قلعہ کے میدان میں قتل ہونا پدماوت میں بیان کیا گیا ہے۔ علاء الدین کے عہد ۶۹۵-۷۱۵ھ میں اس قلعے کا مطلق وجود نہ تھا البتہ مصنف پدماوت کے عہد تک جب یہ تعمیر اور نامور قلاعِ ہند میں ایک تازہ تعمیر اور مشہور قلعہ تھا۔ اس قلعہ کی ضرورت تعمیر سے غالباً یہ بھی قیاس ہو سکتا ہے کہ چتوڑ ۱۴۶۹ء یعنی کھنبلمیر کی تعمیر کے قریب ایام تک ہنوز اسلامی تسلط سے مستخلص نہیں ہوا تھا ورنہ اس ثانی چتوڑ کی تعمیر کی زحمت کی راجگانِ میواڑ کو شاید ضرورت نہ تھی۔

اس طرح جب قصے کے تار پود تک خلاف واقعہ اور من گھڑت ثابت ہو جاتے ہیں اب انصاف بر منصفین ہے کہ ان استدلالات کا کوئی جواب نہیں

ہو سکتا ان کے خلاف گویائی کرنا محض سُبک سری ہے اتمام حجت کے کے لئے البتہ نامور مورخ فرشتہ اور کرنل ٹاڈ کے بیانات کی بھی پڑتال ضروری ہے مثنوی پدماوت کے قصے کے فرضی اور خیالی ہونے میں تو اب کسی شک و شبہ کی گنجایش باقی نہیں۔

تنقید بیانِ فرشتہ

فرشتہ کا بیان ہے کہ فتح مالوہ اور راجہ جالور (مارواڑ) کے بغیر جنگ اطاعت قبول کر لینے کے ہنگام میں (جو ۷۰۵ھ ہجری کے واقعات ہیں) :-

"ایک مدت بعد جب کہ رتن سین بادشاہ[1] کی قید میں تھا کسی نے بادشاہ کو خبر دی کہ راجہ کے محل میں ایک رانی پدمنی نام ہے سہی قد، سیہ چشم، ماہ سیما، جمیع صفات محبوبی سے متصف"

فرشتہ نے یہ صرف بات بنائی ہے کہ راجہ کی قید پر کچھ مدت گزر جانے کے بعد الخ" ورنہ مثنوی اور کہاں ملا سا

[1] علاء الدین خلجی

کے علاوہ اور کسی روایت کی موجودگی کا فرشتہ کے عہد میں گمان نہیں اور اِن دونوں روایتوں میں راجہ کے قید ہوکر جانے کے مُدّت بعد نہیں بلکہ سرے سے پدمنی ہی کے اشتیاق میں علاءالدین کے حملوں کے عمل میں آنے کا اقبال اور اِس پر اصرار ہے ۔ فرشتہ کو بھی بظاہر یہی روایت مثنوی کے ذریعہ یا خاص میواڑ کے متعلق کل مواد سے بہم پہونچی مگر چونکہ فرشتہ کو علاءالملک کوتوال کے مشورہ کے بموجب، نہ کہ پدمنی کے عشق و اشتیاق میں چتوڑ پر فوج کشی کا مفصل احوال ضیا برنیؒ کی تاریخ فیروز شاہی اور دیگر تواریخ سے محقق تھا اُس نے اس بیان میں نقیض محسوس کرکے روایت کو تو چونکہ دلچسپ تھی ترک کرنا گوارا نہ کیا البتہ اُس کی اصلاح اِس طرح کردی کہ :۔ پس از مدّتے کہ راجہ در قید بادشاہ بود، بسمع بادشاہ رسانیدند الخ !"

ثانیاً یہ اعتراض فرشتہ پر بھی وارد ہوتا ہے کہ کرنل ٹاڈ کو تو باوجود اِس تلاش و تجسس اور رد و تصحیح کے لئے مقابلہ کی زحمت و محنت کے جو اُنھوں نے نسب نامہ راجگان چتوڑ کی بابتہ فرمائی،

کوئی فرمانروا چتوڑ کا رتن سین نام علاء الدین کے عہد یا اُس سے قریب ترپس وپیش دستیاب اور معلوم نہ ہو سکا حضرت فرشتہ کو بغیر کسی کاوش و تحقیق کے کس طرح علم ہو گیا کہ علاء الدین کی قید میں جو چتوڑ کا راجا تھا اُس کا نام رتن سین تھا؟ ظاہر ہے کہ کہان راسا وغیرہ میں بھی یہ نام نہ تھا ورنہ کرنل ٹاڈ کے مرتبہ نسب نامہ میں بھی ہوتا۔ مثنوی البتہ عہد فرشتہ کی مشہور تصنیف تھی لامحالہ مثنوی ہی کی براہ راست یا سُنی سُنائی حکایت سے یہ نام فرشتہ صاحب نے اپنی تاریخ میں ٹانک لیا۔ اور اپنی روایت کو بے سروپا نہیں چھوڑا۔ ماںعتی بیان فرشتہ کا ملاحظہ ہو:۔

"بادشاہ نے راجہ کو پیام دیا کہ اُس جمیلہ کو حاضر کر دے تو تجھے قید سے نجات مل سکتی ہے راجہ نے کوہستانات محکم میں جہاں اُس کے اہل و عیال پناہ گزیں تھے (آزاد نے اسی کو یوں لکھا ہے کہ جو قول کے پورے پہاڑوں میں اڑے بیٹھے تھے) پدمنی کی طلب میں اپنے آدمی ارسال کئے۔

(اس سے کم سے کم اتنا تو ثابت ہوا کہ راجہ کی خدمت
میں اُس کے آدمی موجود تھے وہ کسی قید سخت میں نہ
تھا جیسا کہ مثنوی میں بیان ہوا ہے کہ اُس پر سانپ
بچھو چھوڑے جاتے تھے وغیرہ!) راجہ کے رشتہ داروں
نے چاہا کہ مٹھائی میں زہر ملا کر بھیج دیں تاکہ اُس کا
کام تمام ہو جائے مگر راجہ کی ایک بیٹی بڑی عقلمند تھی
(یاد ہوگا کہ فرشتہ کی اس تحریر کے وقت رانی
درگاوتی جو چتوڑ کی بیٹی تھی اصابت رائے میں
(رائسین کے واقعہ سے جو مفصل مذکور ہو چکا زبان
زدِ خاص و عام رہی تھی)، اُس نے یہ رائے بتائی
کہ پدمنی کی سواری اور اس کی سہیلیوں و خواصوں
وغیرہ کی ڈولیوں اور پالکیوں کے پردے میں مسلح
راجپوت دہلی بھیج دیئے جائیں اور وہ راجہ کے
قید خانہ پر دفعتاً حملہ کرکے اُس کو چھڑا لائیں چنانچہ
اسی تدبیر پر عمل کیا گیا راجہ پرندے کی طرح

(آزاد نے طوطے کی طرح لکھا ہے، قفس سے چُھٹ کر بھاگا اور افتاں وخیزاں (آزاد نے گرتا پڑتا لکھا ہے) اُن پہاڑوں میں (آزاد نے "اپنے ٹھکانے" لکھا ہے اور باوجود فرشتہ کی روایت پیش نظر ہونے کے ٹھکانے سے مراد چتّوڑ ظاہر کی ہے) جا پہونچا اور چتّوڑ کے مضافات کو تاخت و تاراج کرنا شروع کیا" (یہ کسی روایت میں نہیں ہے فرشتہ کی ایجاد بندہ ہے یا آئندہ سلطنت دہلی کی کمزوری کے کسی عہد میں ایسا ہوا ہوگا مگر فرشتہ نے اِسی عہد میں سمجھ لیا ہے)

بادشاہ نے صلاح وقت اسی میں دیکھی کہ قلعہ خضر خاں سے لے کر مفرور راجہ کے ایک بھانجے کو عنایت کردیا جس نے اُس علاقہ کا معقول بند و بست کیا تمام اجپوت (حالانکہ وہاں کوئی سرغنہ نام کو باقی نہ چھوڑا گیا تھا دیکھو خزاین الفتوح) اُس کے مطیع و فرمانبردار ہو گئے بادشاہ کے آخر وقت تک وہ تحائف اور نذریں لیکر

حاضری دیتا رہا اور اسپ و خلعت سے سرفرازی پاتا رہا دروغ گو را حافظہ نباشد آگے چل کر فرشتہ خود یہ لکھتا ہے کہ آخر عہد علائی میں حاکم چتوڑ نے باغی ہو کر بادشاہی آدمیوں کو باندھ کر قلعہ پر سے نیچے پھینکدیا اس کے جواب میں شاید یہ کہا جا سکے کہ یہ چتوڑ نہیں بلکہ "چتوڑ" صوبہ مدراس و دکن کے قلعہ کا واقعہ ہے تا جب کبھی کسی مہم پر بھیجا گیا تو پانچہزار سوار اور دسہزار پیادہ لے کر حاضر ہو گیا اور شرایط جاں نثاری بجالاتا رہا۔

(ترجمہ از فرشتہ مطبوعہ نولکشور لکھنؤ)

فرشتہ کے بیان میں چھوٹتے ہی راجہ کا نام رتن سین لیا گیا ہے اس غلطی کی قلعی کھولی جا چکی ہے۔ ڈولیوں میں مسلح سپاہی نے دلی جا کر راجہ کو قید سے چھڑا لانے کی تدبیر راجہ کی عقلمند بیٹی سے منسوب کی گئی ہے مثنوی اور کہان راسا دونوں کے خلاف یہ بیان ہے اُن میں گورا و بادل اس تدبیر کے موجد بیان ہوئے ہیں بس کل روایت بھی اس میں فرشتہ سے متفق نہیں لہذا سوائے از ین کیا

تصور کیا جا سکتا ہے کہ رائے سین کے واقعہ کی وجہ سے چونکہ انہی ایام میں چتوڑ کی بیٹی عقلمندی میں مشہور ہو رہی تھی فرشتہ نے زبانِ عوام سے یہ مضمون اُڑا لیا ہے۔

فرشتہ ۷۰۳ھ کے ہنگام میں راجہ کا قید سے فرار ہونا اور علاقہ چتوڑ کی تاخت و تاراج کرنا اور اسکی وجہ سے سلطان کی طرف سے اس علاقہ کا ایک خواہرزادۂ راجہ کو عطا ہو جانا اوپر لکھا ہے لیکن ذیل کے کتبہ سے ۷۰۹ھ تک تو چتوڑ میں علاء الدین کا ہی دَور دَورہ اور عمارتِ اسلامی کی تعمیر وہاں جاری نظر آتی ہے اور اُس گبرستان میں مسلمان براجتے ہوئے دکھائی دیتے ہیں کیونکہ حوالی چتوڑ سے ہی یہ کتبہ برآمد ہوا ہے اور میواڑ کی تواریخی یادگاروں میں محفوظ ہے ؎

شہر یارِ جہاں محمد شاہ آفتابِ زمان و ظل اللہ
بو المظفر سکندرِ ثانی شد مسلّم بر و جہاں بانی
عشر ذوالحجہ موسم قرباں سال بد ہفتصد و نہ از ہجراں
تا بود کعبہ قبلۂ عالم باد ملکِ شہی بنی آدم

العربية غير واضحة

مفتنہ تک تو تسلط علائی کا پتہ اس کتبہ سے چلتا ہے اور اس کے بعد ۱۵–۱۶ء آخر عہد علائی تک ملک صوبوں کی تقسیم اور سلطنت کے انتظام و استحکام کی نسبت مورخ ہم عصر مولسانا ضیاء برنی نے اپنی تألیف میں یہ خبر جو حوالہ قلم چھوڑی ہے:۔

"گجرات بالپ خاں متحکم بود و ملتان و سیوستان تاج الملک دیبالپور بہ غازی ملک، سامانہ و سنام بملک آخر بیک، و روجین لعین الملک ملتانی، جھائیں لمفخر الملک، چتوڑ بہ ملک آما محمد، چندیری دائرج ۔۔۔۔ بلک تمر۔۔۔"

مزید برآں آپ تحریر فرماتے ہیں کہ ان صوبہ داروں کے حسن انتظام سے ولایت ممالک ہر چہار طرف "بخوبی متحکم ہوئی تھیں، تمرد و سرتابی ہر سمت، مطیع و منقاد ہو گئے تھے، نیست اور بغاوتیں اور خام خیالات لوگوں کے دلوں سے محو ہو سکے تھے" ظاہر ہے کہ ایک نامور ہم عصر اور معتبر مورخ کا یہ لکھنا کہ چتوڑ بہ ملک آما محمد متحکم بود ولایات ممالک ہر چہار طرف متحکم لوگ مطیع و منقاد اور بغاوتیں درخام خیالات دلوں سے محو ہو گئے تھی۔ یہ زیادہ قابل اعتبار ہے بہ نسبت

فرشتہ کی اس ناقابلِ یقین مجہول روایت کے کہ مفروض رتن سین
مفرور، جو بروایت حضرت امیر خسرو، اپنے تیس ہزار سواروں کے ایک
دن ایک نحمت مارے جانے سے پہلے ہی لُنڈ منڈ سب یار و
.. دگار رہ گیا تھا واپس پہونچتے ہی ایسی ناخت و تاراج علاقہ چتوڑ
پر لایا کہ بادشاہ نے عاجز ہو کر اُس علاقہ سے ہی دست بردا ری
اختیار کر لی اور گوشت خرد و ندان سنگ! راجہ مفرور کے بھائے
کو مفتوحہ علاقہ مع قلعہ واپس ہی عنایت کر دیا! صاحب فیروز شاہی
تو اُس دلائی ولایت چتوڑ کا جو بادشاہ کی طرف سے علاقہ چتوڑ میں
حاکم اور ضابطہ تھا نام بھی تحریر فرماتے ہیں حضرتِ فرشتہ نے خود راجہ کا
!ام تو اس قدر غلط اور بے بنیاد لکھا اُس کے بھائے کا نام بھی اگر
تحریر فرما دیتے تو اُس کی بھی حقیقت کھل جاتی! امثل ہے کہ خواجہ
حفر کے گواہ مینڈک! کرنل ٹاڈ کہ ان کے بیانات بھی آگے چل کر
کچھ کم پایہ در ہوا ثابت، ہونے والے نہیں، فرشتہ کے قول کی تصدیق
فرماتے ہیں اور لکھتے ہیں کہ علاء الدین نے فتح کر کے قلعۂ چتوڑ کی حکومت
مالدیو راجہ نو جالور کو سپرد کر دی جس نے بادشاہ کی اطاعت قبول کر لی تھی

حال یہ ہے کہ چتوّڑ بقول صبح اول سنہ ۳۰۳ھ میں فتح ہوا تھا اور ۵۰۳ھ
میں جالور کے راجہ کا بغیر جنگ اطاعت قبول کر لینا بحوالہ فرشتہ ہیں
سے پیشتر فرشتہ ہی کی روایتِ قصہ کے سلسلہ میں اوپر بیان ہو چکا
ہے اور خزائن الفتوح سے بھی اس کی تونیق ہوتی ہے پس کرنل ٹاڈ
کی روح ہی اس کا جواب دے سکتی ہے کہ راجہ جالور کو قبولِ
اطاعت سے بھی پیشتر قلعہ چتوّڑ کیونکر تفویض ہو گیا تھا! رہا سنہ ۳۰۳ھ
کے بعد قلعہ تفویض راجہ جالور ہونا یعنی اگر یہ فرض کیا جائے کہ کرنل
موصوف کو ذراسی غلطی ہوئی در مذہب رتن سین مفرور درنے تاخت تاراج
شروع کی ہوگی تب قلعہ راجہ جالور کے انتظا اسپرد کیا گیا ہوگا" تو ایسا
فرض کرنے سے کرنل ٹاڈ اور فرشتہ کا بیان واحد ثابت ہو جاتا ہے؟
اوررراجہ مفرور کے بھاگنے کا نام مالدیو راجہ جالور واضح ہو جاتا ہے.

لیکن راجہ جالور کا نام کانر دیو تھا بروے حکایت ذیل جو
فرشتہ کی بھی تاریخ میں مفصّل مذکور ہے مع اپنے اتباع و
اولاد کے علاؤالدین کے غلاموں کے ہاتھ سے قبول اطاعت کے تھوڑے
ہی عرصہ بعد مخذول اور قتل ہوا ایسا کہ اُس کا نام و نشان تک مٹا دیا

گیا تھا ریاست اُس کی تباہ و برباد کر دی گئی چتوڑ کا اُس کو تفویض کیا جانا محض خارج از امکان رہ جاتا ہے بجائے یہ کہ وہ عرصۂ دراز تک شرایط و خدمات، جاں نثاری بجا لاتا اور مہانت مدیر بھیجا جاتا ہا!

حکایت استیصال جالور ۔ منقول از فرشتہ ۔ انہی دنوں (۷۰۵ھ، میں قلعۂ جالور بھی مفتوح ہوا کا نز دیو راجہ جالور بادشاہ کی خدمت میں رہتا تھا ایک روز بادشاہ (علاء الدین خلجی) سے کہا کہ بحمد اللہ! اب میری افواج سے کسی کو مقابلہ کی جرات نہیں ہے"۔ کانز دیو نے غرورِ جہالت سے کہا کہ میں معارضہ کر سکتا ہوں اگر چہ مارا جاؤں" بادشاہ نے اُس وقت کچھ نہ کہا چند روز بعد اُس کو جالور رخصت کیا اور دو تین ماہ کے بعد اپنی ایک لونڈی گل بہشت نام کو حکم دیا کہ جا کر جالور فتح کرے۔ گل بہشت نے قلعہ کا محاصرہ کر کے ایسی جلادت دکھائی کہ کانز دیو کو اُس کے مقابلہ کی جرات نہیں رہی اور اہل قلعہ سخت مضطرب ہو گئے اور قریب تھا کہ قلعہ سپر دکر دیں ناگاہ گل بہشت

بیمار ہو کر مر گئی۔ اُس کے بیٹے شاہین نے بھی قلعہ کا سختی
کے ساتھ محاصرہ کیا۔ اب کانڑدیو نے مرنے پر کمر باندھی
قلعہ سے اپنے اہل و عیال کو نیست نابود کر کے مع اپنی
جماعت کے نکلا مگر اتفاق سے شاہین اس کے ہاتھ
سے مارا گیا اور امرا کسی قدر پیچھے ہٹے، بادشاہ نے
کمال الدین کو روانہ کیا جس نے جبر و قہر سے قلعہ فتح
کر کے کانڑدیو اور اُس کی اتباع و اولاد سب کو
قتل کر ڈالا (از فرشتہ)

لہٰذا کرنل ٹاڈ کی یہ روایت کہ فتح کر کے علاء الدین نے چتوڑ کی حکومت راجہ جالور کے سپرد کی تھی اور خود دہلی واپس آ گیا تھا جو بڑے خزاین الفتوح وغیرہ تواریخ معتبر سرتاپا غلط اور خلاف واقع ہی تھی اُس کی نسبت یہ قیاس بھی کہ شاید فتح کے کچھ عرصہ بعد حکومت چتوڑ جالور کے راجہ کو تفویض ہوئی ہو ممکن نہیں ثابت ہوتی، اس لئے کہ جالور خود [illegible] کے دوران میں گل بہشت شاہین وکمال الدین کے نرغوں میں تھا۔ یہاں تک کہ اُس کے اولاد و اتباع

سب نیست و نابود کر دیئے گئے تھے۔

کرنل ٹاڈ کی روایت کا اعتبار تو یہ ظاہر ہوا اور فرشتہ کی وہ خبر کہ رتن سین کی دست درازیوں نے قافیہ تنگ کرکے حکومت چتوڑ بادشاہ سے اُس کے بھانجے کو دلادی تھی خود فرشتہ کی حکایت استیصال جالور منقولۂ بالا سے غلط ثابت ہوئی اب مورخ فرشتہ کی ایک اور سند پیش کی جاتی ہے کہ جس ہنگام میں وہ رتن سین کا تاخت و تاراج میں مشغول ہونا بتاتا ہے اُسی ہنگام میں راجہ چتوڑ کے متعلق وہ کیا لکھ آیا ہے؟ ملاحظہ ہو:۔

"شروع ۷۰۶ھ میں ملک کافور دکن روانہ کیا گیا اُس نے دکن پہونچکر، فرامین سلطانی رایان و راجگان دکن کے نام عقلمند ایلچیوں کے ہاتھ روانہ کئے بایں مضمون کہ جو کوئی اطاعت اختیار کرے گا راجہ چتوڑ اور راجہ دیوگڈھ کی طرح نہال کیا جائے گا اور سرفرازی پائے گا"[1]

کوئی فرشتہ سے پوچھے کہ اطاعت جالور اور حملۂ کیک سردار

[1] دیکھو تاریخ فرشتہ مطبوعہ نول کشور طبع

مغول کے ہنگام میں راجہ کا پدمنی کی سواری کے حیلہ سے فرار ہو جانا تو نے اگر درست لکھا ہے تو یہ ۷۰۵ھ کے واقعات ہیں ۷۰۶ھ میں خود تیری ہی تاریخ میں یہ کیا لکھا جا رہا ہے کہ راجۂ چتوڑ کو بادشاہ کی جانب سے سرفرازی کا نشان بنا کر جھنڈے پر چڑھایا جا رہا ہے اور اُس کی سرفرازی کی مثال سے رایانِ دکن کو ترغیب و تحریص بادشاہ کے ربقۂ اطاعت میں آ جانے کی دی جا رہی ہے؟

تو چہ می سرائی و طنبورہ تو چہ می سراید؟

اِن دونوں خبروں میں سے جن کا ناقل خود فرشتہ ہی ایک خبر یقیناً غلط ہے اور وہ ضرور راجہ کے دہلی سے فرار ہو جانے کی خبر ہے ورنہ تاریخ فیروز شاہی اور خزاین الفتوح میں کچھ تو ذکر یا اشارہ پدمنی کی ساختہ پرداختہ سواری کی شہر میں شہرت تشریف آوری اور راجہ کی مفروری نیز پایۂ تخت میں لازمی شور و ہنگامہ اور رسم متعاقب کے کوچ و تیاری کا کہ ایک سے ایک اہم واقعات میں ہیں ہونا لازم تھا؟ یہ بھی خیال نہیں کیا جا سکتا کہ اُس واقعہ کے بیان میں سلطان کی کچھ توہین و خفت تھی لہٰذا معاصر مورخین کو اُس کے بیان

کرنے کی جرآت نہیں ہوئی لیکن مؤلف فیروز شاہی نے عہدِ علائی کے
بہت عرصہ بعد فیروز شاہ تغلق کے عہد میں اپنی تاریخ تالیف کی ہے
اور علاء الدین کے جملہ عیوب و نقائص محسن کشی، سخت گیری، ظلم و ستم،
غرور و جہالت وغیرہ غرض کسی برائی کے تذکرے میں کوتاہی نہیں کی ہے
علاء الدین کے سالہا سال بعد جبکہ اُس کے خاندان سے بھی حکومت
منتقل ہو چکی تھی اُن کو پدمنی کا واقعہ یا راجہ کا فرار ہونا اور ذیلی واقعات
صاف صاف لکھ دینے میں کیا خوف ہو سکتا تھا؟ پایۂ تخت دہلی میں جتنے
ہنگامے اُن کے عہد میں ہوئے سب ہی تو انھوں نے اپنی تالیف میں
درج کئے ہیں سولہ سو راجپوتوں کا شہر میں دن دہاڑے دھاڑا مارنا،
قید خانہ پر ٹوٹ پڑنا، قیدی کو فرار کر دینا اور قیدی بانوں کو مار دھاڑ
کر کے نکل جانا، ہاتھ نہ آنا اُس کے پیچھے خود بادشاہ کا بھی از سرِ نو
چتوڑ پر چڑھائی کرنا وغیرہ زبردست واقعات تھے۔ چیونٹی کا کاٹا نہ تھا
کہ اُس کا کوئی نقل نہ سمجھتا اور تاریخ میں مذکور نہ آتا۔ ہمعصر تواریخ چونکہ
ان جملہ بیانات سے خاموش ہیں اُدھر راجہ کو عین اُنہی ایام میں شاہی
نوازشات و سرفرازیوں کا نشان اور جھنڈے پر چڑھا ہوا دیکھ کر قطعاً یہ

امر پایۂ ثبوت کو پہونچ جاتا ہے کہ ایسا کوئی واقعہ دہلی سے چتوڑ تک واقع
نہیں ہوا اور اُس کے ذیل میں فرشتہ کی یہ حکایت بھی کہ راجہ
علاقہ چتوڑ کی تاخت و تاراج کرتا رہا اور آخر علاء الدین نے عاجز آکر
مفرور کے بھانجے کو حکومت قلعہ اور علاقہ مفتوحہ چتوڑ کی سپرد کر کے
نجات پائی الخ" محض پوچ و لچر ہے اور ایک گپ سے زیادہ وقعت
نہیں رکھتی۔

ملک کافور کا راجہ چتوڑ کو نوازشوں اور سرفرازیوں کی مثال
بنا کر دکن کے راجاؤں کے سامنے پیش کرنا اور یہ نمونہ دکھا کر اطاعت
بادشاہ کی اوروں کو دعوت دینا نہایت پُرمعنی ہے۔ اس سے نہ
صرف یہ بیانات ہی غلط ثابت ہو جاتے ہیں کہ راجہ چتوڑ دہلی میں کسی
قیدِ سخت میں اور تیرہ و تاریک مکان میں محبوس تھا اس پر طرح طرح
کے شدائد توڑے جاتے تھے وغیرہ وغیرہ، بلکہ یہ بھی قطعی طور پر فیصل
ہو جاتا ہے کہ (حسب بیان حضرت امیر خسرو) بادشاہ کی مخالفت سے
دست بردار ہو کر اطاعت قبول کر لینے کی وجہ سے راجہ پر نوازشات
عمل میں آئی تھیں بالفاظ دیگر اس نے خود ہی بادشاہ کی اطاعت

قبول کر لی گئی تھی کسی حیلہ و تزویر سے جیسا کہ اُوپر عاہے اُس کو قلعہ کی حدود سے باہر لاکر اچانک قید نہیں کر لیا گیا تھا۔

راجہ پر جو نوازشیں کی گئیں اُن کا مفصل مذکور نہیں ہے اتنا سمجھ لینا کافی ہوگا کہ سرآمدِ حملہ راجگانِ ہندوستان سمجھ کر اُس کا سب سے زیادہ اعزاز دہلی پایۂ تخت میں روا رکھا گیا ہوگا اور دربار میں بلند ترین مرتبہ مقرر کیا گیا ہوگا اور اُس کی شان و اعزاز کے مطابق آرام و آسائش سے لطف کرنے کے لئے اُس کی پنشن اور وظیفہ میں قرار منظور رہوا ہوگا۔ خلاصہ یہ کہ جو نوازشات اُس پر مبذول ہوئیں وہ اس درجہ کی تھیں کہ اُنہیں جھنڈے پر چڑھا کر نمونہ بنا کر دیگر آزاد سرایا اِن ور اجگانِ دکن کو بادشاہ کی اطاعت میں آنے کی ترغیب و تحریص دیا جا ناخود فرشتہ کے قلم سے ثابت ہے۔ اُن نوازشات اور سرفرازیوں کی تفصیل سے ملک کا فورکے اعلان دعوتِ اطاعت مذکورہ بالا سے خاموشی اس پر دال ہے کہ وہ نہایت مشہور و مسلم تھی محتاج بیان نہ تھیں۔ رانائے چتوڑ پر جو نوازشات ہوئیں اُن کو رائے دیوگیر کی سرفرازیوں سے مگر قیاس کیا جا سکتا ہے جس کی

تفصیل فرشتہ میں یوں مذکور ہے دیوگیر کی فتح مکرر کے بعد :-

"ملک کافور نے فتح نامہ (دیوگیر کا) بادشاہ کی خدمت میں ارسال کیا اور متعاقب خود بھی سترہ ہاتھیوں اور دیگر عمدہ تحائف کے علاوہ خود رام دیو (رائے گیر) کو لاکر حضور میں پیش کیا بادشاہ نے اُس کو سرفراز کیا اور رام دیو کو بھی رائے رایاں کا خطاب دیا اور چترِ سفید و فرمانِ حکومت دیوگڈھ کے علاوہ جو راجہ سے مفتوحہ علاقہ تھا چند ممالک قدیم اور عنایت کرکے سرفراز فرمایا اور گجرات کا قصبہ ساری (نوساری) اُس کے انعام میں معافی کردیا۔ نیز ایک لاکھ سکہ نقد دے کر اعزاز و اکرام کیساتھ (دکن کو) رخصت کیا۔"

یہ رام دیو سلطان سے باغی اور منحرف ہوگیا تھا خراج موعودہ بھیجنے سے انکار کر دیا تھا یہاں تک کہ اُس پر دوبارہ لشکر کشی کی نوبت آئی اور ملک کافور اُس کی گوشمالی کے لئے دہلی سے بھیجا گیا۔ باوجود اِس کے اُس پر یہ عنایات و سرفرازیاں سلطان علاء الدین

کی عالی حوصلگی کی دلیل ہیں۔

اب مورخ فرشتہ کا یہ بیان کہ پدمنی کی سواری کے پردے میں چتوڑ کی راجپوت سپاہ نے دلّی پہونچ کر راجہ کے قید خانے پر دفعتاً حملہ کرکے اس کو فرار کردیا اور وہ اپنے کوہستانات محکم میں جا پہونچا اور وہاں سے چتوڑ کی ولایت تاخت و تاراج کرتا رہا یہاں تک کہ سلطان نے عاجز ہو کر ولایت چتوڑ کو مفرور راجہ کے حوالے کردیا" اس طرح بھی ناقابل یقین ہے کہ جس سلطان کی قوت و حشمت، تعداد لشکر، استحکام نظم و نسق، فتوحات پر فتوحات دشمنوں کو خواہ چنگیزی حملہ آور ہوں لاکھوں کی تعداد میں، خواہ مشتے چند ملکی باغی ہوں۔ سب کو شکست پر شکست ایسی کہ اُس کے محل کی چھوکریاں بھی بڑے بڑے کرڈوے کسیلے راجپوتوں کے دانت کھٹے کردینے والی ہوں اور لونڈی بچے اچھے اچھے سورماؤں کو جان سے عاجز کردینے والے ہوں جس کا غیظ و غضب چند گناہگاروں کے ساتھ بے تعداد بے گناہوں کا خون بہا دے، چالیس ہزار مغلوں کو ذبح کرکے اپنے

نو تعمیر شہر سیری (دہلی علائی) کی بنیادوں کو اُن کا خون پلا دے، اُن کے بریدہ سروں کے مینار چنوا دے، باغیوں کے بچوں تک کی ٹانگیں اُن کی ماؤں کے سینے پر پھڑا کر دے مارنے کا حکم دے، یہاں تک کہ مائیں اور بچّے دونوں ہلاک ہو جائیں، حرام کاروں کے مرَدوں پر زمکاں سے جلا دے، جس کے تسلط سے ایک ایک تیخ زمین از تبّت تا راس کماری اور از آسام تا غزنین خالی نہ ہو، جس کے لشکر دلّی سے دکّن تک دریا پہاڑ اور جنگلوں کے نشیب و فراز کھوندتے اور روندتے پھریں، جس نے ہندوستان کی تمام قدیم تخت گاہوں کے تخت اُلٹ کر اُن کے ہزار ہا سال کے خزائن و دفائن و جواہر سے اپنے خزانے معمور کر لئے ہوں، جس کے ایک اشارے پر دلّی کے لشکر آندھی اور مینگھ کی طرح دکّن گجرات پہنچ کر اُس خطّے کے جنگل اور پہاڑ چھان ماریں اور دیول دیوی کو جو فرار کر دلگئی تھی اُس کے باپ راجہ گجرات سے چھین کر اُس کی ماں کنولا دیوی کے پاس سلطان کے محل میں سلامت دلّی پہنچا دیں، جس سے سرتابی و بد عملی کرنے پر راجہ دیوگیر کا راج لٹ پوٹ ہو جائے اور وہ مع اپنے

خاندان کے دلّی پکڑا آجائے۔ ایسے سلطان ذیشان کی قیدِ حراست سے چتوڑ کے راجہ کے جو اپنے تیس ہزار سرداروں اور ٹھاکروں کے تسخیر چتوڑ کے ہنگام میں یک قلم قتل کر دئے جانے سے محض بے یار و مددگار رہ گیا تھا بھاگ نکلنے اور پھر چتوڑ کے نواح کو تاخت و تاراج کرنے سے آخر کار سلطان کو بہ تنگ و عاجز کر دینے کی روایت پر یقین کرنا فرشتہ کی طبع سلیم کے لئے محلِ تامل دجائے تعجب بھی ہونا چاہیئے تھا۔ اگر چتوڑ کے قیدی راجہ سے ایسی جرأت ہوئی ہوتی تو علاء الدین یقیناً اپنے بے حساب عساکر اور ذخار لشکروں کو جنہوں نے مغلانِ چنگیزی کے چھکے چھڑا دئے تھے حکم دیتا کہ راجہ کے کوہستانات محکم کو کالعہن المنفوش اُڑا دیں اور اُس کو اگر وہ چوہے کے بل میں بھی گھس گیا ہو تو کھود کر پیدا کریں اور پکڑ لائیں۔ سلطان کے لشکر بھی اُس کے احکام کی تعمیل میں ایسے ہی سرگرم کامیاب و کارگزار تھے کہ وہ یقیناً اُن کوہستانات محکم کو جہاں راجہ نے پناہ لی تھی، چھان مارتے اور مفرور کو پکڑ کر لے آتے۔ اسی طرح جیسے کہ رامدیو کو دلّی پکڑ لائے یا دیول دیوی کو راجہ گجرات سے چھین لائے تھے۔

لہ ان جملہ واقعات کی تفصیل کیلئے دیکھو تاریخ فیروز شاہی و خزائن الفتوح و فرشتہ

راجۂ چتوڑ دہلی سے بھاگ کر علاقۂ سلطاں میں تاخت وتاراج کرتا
رہے اور سلطان اس کا کچھ نہ کرسکے یہ امر علاءالدین کے عین عروج
واقبال اور فیروزمندی کے زمانہ میں تصور میں آنا محال ہے۔ بلکہ
ایسی سستی انتظام وانتقام اور امورسلطنت میں علاءالدین کے
مرضِ موت اور صاحب فراشی کے چند ماہ اختلال نظم ونسق میں
بھی نمایاں نہیں ہے اور نہ یہ ادّعا اُس کے آخری چند ماہِ اختلال
نظم ونسق کے ایام سے منسوب ہے۔ ایسی سستی انتظام وانتقام
میں وفات کے بعد بھی اُس کے جانشیں قطب الدین مبارک خلجی
کے عہد غفلت وعیاشی وخود فراموشی میں بھی جہانتک کہ تاریخ شاہد ہے
ظہور پذیر نہیں ہوئی حضرت مؤلف تاریخ فیروز شاہی بڑی حیرت کا
اظہار فرماتے ہیں کہ:-

"باوجود بادشاہ (قطب الدین مبارک خلجی[1]) کی عیاشی
غفلت مغلوب الغضبی اور ناعاقبت اندیشی کے انتظامات
ولایات ملک (جن میں چتوڑ بھی ایک ولایت قرار دیگئی تھی)

[1] فرزند جانشینِ علاءالدین خلجی

برقرار و استوار رہے کوئی فتنہ و فساد ہوا اور نہ ایک بالشت زمین دلّی کے قبض و تسلط سے خارج ہوئی۔"

(تاریخ فیروزشاہی)

البتہ عہد قطبی کی ابتدا میں یہ ضرور واقع ہوا کہ ملک کافور کے قتل کے بعد اسکی قید سے رہا ہو کر علاء الدین کے فرزند قطب الدین مبارک نے جب تخت سلطنت پر جلوس کیا تو باپ کے وقت کے تمام قیدی رہا کر دئے۔ فرشتہ میں یہ واقعہ ان الفاظ میں مذکور ہے:۔

"چونکہ بادشاہ قطب الدین خوف قتل و محنت حبس و زنداں کھینچے ہوئے تھا اوائل سلطنت میں خوش خُلق اور رحمدل رہا اور سترہ ہزار محبوس رہا کئے"

عجب نہیں جو اس رہائی عام میں راجہ چتوڑ کو بھی اجازت اپنے وطنِ مالوف کو رخصت ہونے کی مل گئی ہو اور وہ اُن کوہستاناتِ محکم میں جہاں اُس کے اہل و عیال بقول فرشتہ پناہ گزین تھے، جا پہونچا ہو لیکن بفحوائے کلام حضرت مولف

فیروز شاہی کہ عہدِ مبارک خلجی میں کہیں فتنہ و بغاوت کا نام نشان نہیں تھا نیز یہ باور کرنے کے لایق بھی نہیں کہ راجہ نے مبارک خلجی کی عطا کردہ آزادی کا یہ شکریہ ادا کیا ہوگا کہ چھوٹتے ہی بادشاہی علاقہ میں تاخت و تاراج کا پیشہ اختیار کر لیا ہوگا۔

مذکورہ بالا دلائل کی بنا پر شروع فتح چتوڑ سے آخر عہدِ قطبی تک دلّی کی اسلامی سلطنت کے قبض و تسلط میں قلعۂ چتوڑ کو برقرار و مستحکم تسلیم کرنے کے سوا چارہ و امکان نہیں۔ یہی وجہ ہے کہ قطب الدین مبارک کی حکومت چند سال بعد جب تغلق اوّل کو حوالہ ہوتی ہے تو چتوڑ کا بھی دیگر محروسات کے ساتھ تغلق مذکور کے قبض و تسلط میں پہنچنا اور اُس کا اپنے بھتیجے اسد الدین ارسلاں کو والی ولایت چتوڑ بنا کر بھیجنا، اسد الدین کا وہاں کوئی بنائے خیر مسجد، سرائے، پل، خانقاہ وغیرہ تعمیر کرانا، ذیل کے کتبے سے جس کا پتھر حوالی چتوڑ سے ہی دستیاب ہوا ہے اور میواڑ کے محکمہ آثار قدیمہ میں محفوظ ہے ثابت و عیاں ہے۔ کتبے کی پہلی سطر مندرس ہو گئی ہے

خدائے ملک سلیمان و تاج و تخت و نگیں

چو آفتاب جہان تاب بلکہ ظلِ الٰہ

یگانہ ختم سلاطینِ عصر تغلق شاہ

یہ مصرع پھر مندرس ہوگیا ہے

سواد مملکت از رائے او مزیّن باد

ملاذ ملک اسدالدین ارسلان جوّاد

کہ گشت محکم ازو عدل و داد را بنیاد

مصرعۂ ہٰذا ابھی کتبے میں محو ہوگیا ہے

سگہ از جمادی الاولےٰ گزشتہ بالایام

خدا بہ فضل مریں خیر را قبول کناد

جزائے حسنِ عمل را یکے ہزار دہاد

اسدالدین ارسلان جس کا اِس کتبے میں نام ہے بروے تواریخ سلطان تغلقِ اوّل کا برادر زادہ تھا اور کتبہ میں اُس کے عدل و داد کی مدح اور خاص مذکور سے متبادر ہوتا ہے کہ اُس کو چتوڑ کے علاقہ میں عدل و داد سے علاقہ تھا یعنی وہاں حکمراں تھا۔ پس اگر بقول فرشتہ چتوڑ کی فتح کے چند سال کے بعد

علاقۂ مذکور پھر تسلط اسلامی سے نکل کر بدستور گبرستان ہو گیا تھا اور دیسی فرمانرواؤں کے تحت و انتظام میں پہونچ گیا تھا تو ان کتبات کے جو متواتر حوالی چتوڑ سے برآمد ہو رہے ہیں کیا معنی ہیں؟ یہ قیاس بھی مہمل ہو گا کہ تغلق اول نے اس کو دوبارہ فتح کیا ہو گا کیونکہ تغلق مذکور کے مختصر عہد کی مفصل تاریخ موجود ہے کوئی لشکر کشی چتوڑ کی جانب اس سے ثابت نہیں۔

پس کیا فرشتہ کی روایت کا یہ جز کہ راجہ کوہستانات محکم سے نکل کر حوالی چتوڑ کو تاخت و تاراج کیا کرتا تھا یہاں تک کہ سلطان وقت نے عاجز آکر حکومت علاقہ و قلعہ راجہ مذکور کے بھانجے کو سونپ دی" سلطان محمد تغلق ثانی کے عہد کا واقعہ ہو سکتا ہے؟ اس واسطے کہ فرشتہ جیسے مورخ کی روایت ہے اس کی کچھ نہ کچھ اصلیت ہونی چاہیے اور "جز کے" اس میں سے نکلنی چاہیے؟

اصلیت تو فرشتہ کی روایت کے جز و اول کی جس میں راجہ کا نام رتن سین اور اس کا ڈولیوں میں آکر دلی سے بھگا لیا جانا بیان ہوا ہے بخوبی روشن ہو چکی کہ قصۂ پدماوت کی سنی سنائی

روایت پر اُس کی بنیاد ہے جزو ثانی یعنی کوہستانات محکم سے
نکل کر تاخت کرنے وغیرہ کی حقیقت سلطان محمد تغلق ثانی کے اوائل
جلوس ہی میں جو ناگہانی آفت راجہ پر ان کوہستانات محکم میں نازل
ہوئی ابن بطوطہ کی حکایت سے آگے ظاہر ہوگی۔[1]

سلطان علاء الدین کے ختم عہد سے تخمیناً تیرہ سال بعد یہ آفت
سخت خاندانِ چتوڑ پر ان کے کوہستانی مامن کھنبلہ (علاقہ کھنبلمیر)
میں سلطان محمد تغلق کے لشکر کے ہاتھوں گشتاسپ[2] کی بدولت نازل
ہوئی۔ فرشتہ لکھتا ہے کہ "راجہ کی گشتاسپ سے بہت دوستی تھی" یہ
دوستی غالباً راجہ کے اثنائے قید و قیام دہلی میں ہوگئی ہوگی کہ

کند ہمجنس باہم جنس پرواز

گشتاسپ بھی بڑا منچلا بہادر اور امیر زادہ تھا راجہ کی
اصالت اور شجاعت بھی مسلم تھی۔ شاید گشتاسپ کے کچھ احسانات
بھی راجہ کے ذمہ ہوں جن کا عوض اُس نے اپنی جان و مال اور
خاندان پر کھیل کر واجب سے بھی زیادہ ادا کر دیا۔ ضمناً اس
حکایت سے یہ بھی ثابت ہوتا ہے کہ راجہ دہلی سے رہا ہو کر گو کھنبلمیر یعنی اپنے

[1] دیکھو صفحہ
[2] سلطان محمد تغلق ثانی کا بھانجا تھا

علاقہ میں پہونچ گیا تھا مگر نہ اُس طرح جیسے کہ فرشتہ نے بیان کیا ہے اگر اُس طرح پہونچا ہوتا تو علاء الدین کا لشکر کوہستان میں گھس کر اُس کا قلع قمع کر دینے پر سلطان محمد تغلق سے بدرجہا زیادہ قوی، قادر اور حاوی متصور ہونا چاہئے!

خلاصہ یہ کہ فرشتہ کی روایت طرح طرح سے غلط در غلط اور مجروح روایت ہے اور بالفرض محال اگر صحیح بھی ہو تب بھی ہر گز باب صداقت قصہ پدمنی کے کچھ بھی مفید مطلب مدعا نہیں۔ اس میں یہ بیان کہاں ہے کہ چتوڑ پر سلطان نے پدمنی کے عشق و اشتیاق میں چڑھائی کی تھی اور رانی نے خاندان کی آن پر اپنی جان قربان کر دی؟؟ قصے کی اس جانِ سخن کی کوئی تصدیق فرشتہ میں نہیں۔

کرنل ٹاڈ کی روایت

کوہستان کھنبلمیر میں سلطان محمد تغلق کے لشکر کی تاخت اور چتوڑ کی اس یادگار ریاست اور خاندان کی ہلاکت اور بربادی کو کرنل ٹاڈ اور اُن کے راوی راویانِ کہان راسا علاء الدین کا

چتوڑ پر دوسرا حملہ سمجھے ہیں۔ ملاحظہ ہو اُن کا بیان
"لکھم سی ۱۲۷۵ء میں اپنے باپ کا جانشین ہوا اسکے عہد میں
علاء الدین نے چتوڑ کو تاخت و تاراج کیا پہلے محاصرے میں قتل و غارت
سے بچگیا تھا مگر اُس کے بہترین سورما کام آچکے تھے اُس
کے بعد دوسرے محاصرے میں قلعہ مفتوح ہوا دوسرے
محاصرے کی البتہ تفصیلی داستان ہم کو پہونچی ہے۔

علاء الدین کے[1] دوبارہ حملہ آور ہونے کے ادعا کو تو اب ناظرین خود ہی غلط بیانی تصور کریں گے کہ حضرت امیر خسروؒ وغیرہ کے بیانات نظم و نثر مندرجہ بالا ملاحظہ سے گزر چکے ہیں البتہ خاندان چتوڑ پر دوبارہ تاخت سلطان محمد تغلق کے شروع عہد میں ہوئی اُس کو ہم بھی تسلیم کرتے ہیں معہذا اس میں بھی شک نہیں رہا کہ علاء الدین کے حملے میں چتوڑ کا شاہی خاندان اپنی جان و آبرو کے ساتھ سلامت بچ گیا تھا۔ کرنل ٹاڈ اور کھان راسا کی منقولہ بالا عبارت اس کی خود

---

[1] سنہ ۱۲۷۵ء میں دہلی میں سلطان فیروز شاہ تغلق حکمراں تھا علاء الدین اور اس کے خاندان کا نام و نشان تک نہ رہا تھا۔

مصدّق ہے۔ اِس کے آگے کرنل ٹاڈ لکھتے ہیں کہ:۔

"رانا سے وقت لکھم سی نا بالغ اور اُس کا چچا بھیم سی اُس کا ولی اور محافظ تھا بھیم سی نے ہمیر سنگھ (چوہان) راجہ سیلون کی بیٹی سے شادی کی تھی جس کا نام پدمنی تھا۔"

آگے بڑھنے سے پیشتر کرنل ٹاڈ کے اس بیان کی قدرے پڑتال ہو جانی ضروری ہے۔ چوہان وہی قبیلہ ہے جس کا گلِ سرسبد اور سب سے نامور شخص تاریخ ہنود میں رائے پتھورا مانا گیا ہے جس نے سلطان شہاب الدین غوری سے میدان تراوڑی میں شکست کھائی اور اُس کے قتل و شکست سے شمالی ہند میں ہندوؤں کی سلطنت کا چراغ گل ہو گیا۔ اس قبیلے کے دہلی، اجمیر و رن تھنبور یعنی علاقہ جات شمالی ہند کے سوا کہیں اور حکمراں ہونے کا تواریخ میں مذکور نہیں کجا کہ سمندر پار سیلان میں حکمرانی کرنا جس کی تصدیق اُس جزیرہ کی مستند تواریخ سے کبھی نہیں ہو سکے گی، پس بھیم سی کے اُس کو چتوڑ سے جا کر بیاہ لانے پر ڈھکوسلا ہونے کا نہ صرف گمان بلکہ یقین کرنا چاہیئے۔ سیلان

سمندر پار واقع ہے سمندر پار جانے سے آج بھی کٹر ہندوؤں کا دھرم بھرشٹ ہوجاتا ہے پس کیونکر قیاس کیا جاسکتا ہے کہ باطل پرستی اور جہالت کے عین ایام عروج میں چتوڑ جیسے مذہب پرست وحامی شریعتِ ہنود خاندان کے کسی فرد فرید نے سمندر پار قدم رکھا ہوگا؟

کرنل ٹاڈ آگے لکھتے ہیں کہ :۔

"پدمنی نام حد درجہ کی حسین عورت کو دیا جاتا ہے اُس کی خوبصورتی اوصاف اور اعلیٰ اخلاق کا قصہ رجواڑے کی داستانوں میں سب سے زیادہ مقبول ہے۔ ہندو داستان گویوں کا یقین ہے کہ فتح دنا موری نہیں بلکہ پدمنی کے حُسن کا لالچ علاءالدین کے حملہ کا محرک ہوا تھا"

آخری فقرہ کی اس عبارت سے کرنل ٹاڈ کو فرشتہ اور فیروز شاہی کی اس عبارت کی تردید مدنظر ہے کہ علاءالملک کوتوال دہلی کے مشورہ سے علاءالدین خلجی کے شوق جہانگیری کی بناء پر یہ حملہ

ہوا تھا اگر رجواڑے کی داستانوں میں تواتر اور اصرار کیا گیا ہے کہ چتوڑ کی رانی کے عشق کی وجہ سے اور راجہ سے اس کو زبردستی چھیننے کے لئے ہی حملہ کیا گیا تھا تو اور کوئی وجہ اس اصرار کی نہیں ہو سکتی سوائے اس کے کہ بادشاہ کی چتوڑ پر لشکر کشی کی خبر سن کر رانا نے عوام ہنود کو عموماً اور خصوصاً ان پر کٹ مرنے والے سورماؤں اور بہادروں کو مدافعت پر ابھارنے اور حملہ ہنود کی ناک اور سر آمد کل خاندان کی آبرو بچانے کے لئے ان کو آمادہ و فراہم کرنے کی پولیٹیکل غرض اور حکمت عملی سے یہ شگوفہ چھوڑا تھا اور ہوائی اڑائی تھی کہ بادشاہ راجہ کے ننگ و ناموس پر ہاتھ ڈالنا چاہتا ہے۔" ظاہرا اور کوئی " وجہ سلطان کے حملہ آور ہونے کی نظر بھی نہ آتی تھی سلطان کے شیوۂ جہانگیری اور علاء الملک کے مشورے کا کسی کو کیا حال معلوم تھا بلکہ علاء الملک کا مشورہ صریحاً ایک راز تھا جس کے پیش کرتے وقت یاد ہوگا کہ علاء الملک نے بادشاہ سے خاص التماس کے ساتھ مجلس اغیار سے خالی کرالی تھی اور سوائے بادشاہ اور اس کے یاران غاری کے اور کوئی مجلس میں نہ رہا تھا۔ کرنل ٹاڈ کی اسی روایت سے آگے چل کر ثابت ہوگا کہ

رانا نے چتوڑ کے سورماؤں اور سرداروں میں جوشِ مدافعت پیدا کرنے کے لئے چتوڑ کی سرپرست دیبی کے مجسّم درشن بھی اپنے حمایتیوں کو کرا دئے تھے! آغازِ جنگ میں ایسی ہوائیاں اڑا کر قوتوں کو فراہم و برانگیختہ کرنے کی یہ کارگر تدبیر و دستور آج تک باقی ہے مثلاً پبلک کو جوش دلانے اور حمایتِ حق پر آمادہ کرنے کے لئے کونسا الزام تھا جو جنگِ عظیم کے آغاز پر جرمنی کی طرف سے انگلستان پر اور انگلستان کی طرف سے جرمنی پر نہیں لگایا گیا؟ غدر ۵۷ء پر ابھارنے کے لئے انگریزوں کے خلاف کیا کیا روایتیں نہیں تراشی گئیں؟

بہرحال کرنل ٹاڈ لکھتے ہیں کہ:۔

"علاء الدین کا مطالبہ صرف یہ تھا کہ پدمنی کو حوالے کر دیا جائے۔ آخر میں ہار کر سلطان کی خواہش صرف یہ رہ گئی تھی کہ صرف ایک نظر ہی اس بے نظیر حسن و جمال کو دیکھ لینے دیا جائے!"

"اس کے جواب میں سلطان سے کہا گیا کہ آئینہ میں البتہ صورت دکھائی جا سکتی ہے۔ سلطان اس پر بھی رضامند ہو گیا۔ اور راجپوتوں کے قول و قسم پر بھروسہ کر کے

بہت تھوڑے محافظوں کے ساتھ چتوڑ کے قلعے میں داخل کر لیا گیا اور وہاں اپنی تمنا پوری کر کے یعنی پدمنی کو آئینہ میں دیکھ کر واپس اپنے لشکر میں چلا گیا۔"

"راجہ نے بھی ایسا ہی اعتماد سلطان پر کیا اور اُس کی مشایعت میں قلعے سے نیچے اُتر آیا اسی موقعہ کے واسطے علاء الدین نے اپنی جان خطرے میں ڈالی تھی اور لوگ تاک میں لگا رکھے تھے بھیم سی کو فوراً قید کر کے بادشاہی لشکر میں پہونچا دیا گیا۔ اور اُس کی رہائی پدمنی کے حوالے کر دینے پر منحصر کر دی گئی۔"

(کرنل ٹاڈ)

خبر نہیں خُمان راسا کا جس سے کرنل ٹاڈ نقل کرتے ہیں راوی کون ہے اور اس کا مطلق علم نہیں کہ وہ حضرت امیر خسروؒ کی طرح چشم دید حال لکھتا ہے یا سُنی سنائی قصہ گویوں کی سی گپ ہانکتا ہے؟ بہر حال حضرت امیر خسروؒ کی موقع پر موجودگی اور اُن کے چشم دید اور ذاتی علم و واقفیت سے کیفیت محاصرہ چتوڑ

دن تاریخ ماہ وسال وغیرہ جزئیات کی تفصیل کے ساتھ لکھنے میں شک
نہیں۔آپ کی روایت اور نیز دیباچہ مثنوی دولرانی وخضرخان کی
ابیات کے حوالے اور سند سے پیشتر مفصل طور پر لکھا جا چکا ہے کہ
اپنی زبونی حالت سے گھبرا کر اور غالباً راجہ رن تھنبور کے آخر تک
بہ غرور وتکبر پیش آنے کے ہولناک انجام سے (جس سے وہ بے خبر
نہ رہا ہوگا) خائف ہو کر راجہ چتوڑ قلعہ سے مضطر ہو کر نکل آیا تھا اور
اُس نے اپنے آپ کو سلطان کے رحم وکرم کے حوالے کر دیا
تھا سلطان نے بھی اُس کو جان کی امان دی اور اُس کے ساتھ
ایسا عمدہ سلوک اور برتاؤ کیا کہ ملک کا فور نے رایان دکن کے سامنے
اُن سلطانی نوازشات کو جو راجہ کے ساتھ مرعی رکھی گئی تھیں بطور
مثال پیش کیا۔اور اُن کی بنیاد پر سلطان کے رقبہ اطاعت میں
آجانے کی اوروں کو ترغیب دی۔خلاصہ یہ کہ راجہ کسی فن فریب
سے قید نہیں کر لیا گیا تھا قلعے کی تسخیر کو فرشتہ نے دو لفظوں میں لکھ
دیا ہے کہ:۔ جبراً و قہراً (یعنی بزور شمشیر) مفتوح کیا گیا! ایسے مستند
راویوں اور مفصل روایات کے مقابلے میں کھان راسا کے جھول

راوی کی سند کا جو کچھ اعتبار ہو سکتا ہے ظاہر ہے۔ یہ ممکن ہے کہ راجہ کے حامیوں نے اُس کے رحم و کرم سلطانی کے خود کو حوالہ کر دینے سے توقع اُس کی تاج بخشی کی رکھی ہو گی اور چتوڑ پر حکومت راجہ کی برقرار و مسلّم رکھے جانے کی اُمیدیں لگائی ہوں گی جو علاء الدین نے پوری نہیں کیں اس ناکامی کو سلطان کا فریب سمجھا گیا لیکن سلطان راجہ کی تاج بخشی کرنے اور راج کو واپس دینے سے اصولاً معذور تھا۔ سلطانی مہمات کو توال کے مشورہ کے مطابق اُن مغرور و متمرد طاقتوں کے استیصال کے واسطے اختیار کی گئیں تھیں جن سے سلطنت اسلامی کو خطرہ ہو سکتا تھا راجہ چتوڑ سب راجاؤں میں ممتاز اور بقول حضرت امیر خسروؒ ؎

بہ بالا بر شدہ بر ہفت کرسی

کا مصداق تھا بلکہ حضرت امیر خسروؒ نے اُس کو جلہ ہنود کا سر غنہ تحریر فرمایا ہے بنا بریں راجہ سے سوائے ازیں کہ اُس کے ساتھ ذاتی طور پر عمدہ سلوک اور اُس کا سب سے زیادہ اعزاز دلی میں کیا جائے بسلطان کیجانب سے تاج بخشی کی رعایت قطعاً مستبعد تھی

چتوڑیوں کے غلط اُمیدیں خود ہی لگانے اور اپنی غلطی سے خود ہی فریب کھانے کو اگر حامیانِ روایت کُھمان راسا سلطان کا فریب سمجھتے ہوں تو اُس کے مجاز ہیں۔ یہ بھی قرین قیاس نہیں کہ سلطان چند ہمراہیوں کے ساتھ بتّیس دانتوں میں زبان بنکر قلعے میں دشمنوں کی کثرت میں چلا گیا ہوگا اور اپنی جان جوکھوں میں ڈالی ہوگی۔ تلپت کے مقام پر چند ہمراہیوں کے ساتھ تنہا رہجانے سے جو سبق اُسکو اپنے خاص بھانجے سے ابتدائے عہد میں ملا تھا مدت العمر اُس کو فراموش نہ ہوا ہوگا اور چند ہمراہیوں کے ساتھ اُس کے چچا جلال الدین فیروز خلجی نے خود اُس کے پاس باعتماد تمام چلے آنے میں جو سخت حماقت کی تھی اور اُس کا نتیجہ آخر شہادت پائی علاء الدین ان واقعات کو بھول نہ سکتا تھا۔ اس سبق سے پیشتر بھی وہ حزم و احتیاط کا عادی تھا۔ فیروز خلجی نے جو اُس کا خسر چچا اور پرورش کنندہ و مُربّی تھا ہر چند علاء الدین کو کڑہ سے دلّی کو طلب کیا مگر وہ نہیں گیا پر نہیں گیا یہاں تک کہ چچا خود اعتماد کرکے اُس کے پاس تنہا کڑے پہونچا اور اپنی غلطی کا شکار ہوا اِن واقعات کو مفصّل علاء الدین کی تاریخ میں

دیکھ کر پھر کہنا چاہئے کہ ایسے محتاط شخص کی ذات سے یہ توقع ہوسکتی ہے کہ وہ اُن دشمنوں میں جن کے خون اُس کی تلواروں سے ٹپک رہے تھے صرف قول وقسم کے اعتماد پر جریدہ قلعے میں چلا گیا ہوگا؟ ازاں بعد کرنل صاحب یوں رقمطراز ہیں:۔

"چتوڑ میں اس خبرِ بد سے ماتم و مایوسی چھا گئی۔ پدمنی کو حوالے کرنے نہ کرنے کی بابتہ مشورہ کیا گیا پدمنی کو بھی خبر دی گئی اور وہ اپنی حفظ و آبرو کا سامان ساتھ لے کر راجہ کی جان بچانے کی خاطر سلطان کے لشکر میں جانے پر آمادہ ہوگئی لیکن اُس کے چچا گورا اور بادل بھتیجے نے جو سنہالی (سنگلدیپ کے) رشتہ داروں میں تھے، راجہ کی جان اور پدمنی کی آبرو بچانے کی یہ تجویز نکالی کہ بادشاہ کو اطلاع دی کہ جس روز حضور محاصرہ چھوڑ کر پیچھے ہٹ جائیں گے پدمنی کو بھیج دیا جائے گا۔ لیکن پدمنی اور بادشاہ دونوں کی حسب شان و مرتبہ کے مناسب تعداد سہیلیوں خواصوں اور مستورات کی ساتھ ہوگی جو اُس کو

"وداع کرنے جائیں گی پردہ کا قرار واقعی انتظام ہو جانے چاہئے"

(کرنل ٹاڈ)

"ناظرین پر یہ بات تمام و ثابت ہے کہ یہ سب بیان لغو اور متعدد با متعدد وطریقوں سے غلط ثابت کیا جا چکا ہے۔ کھمان را سایا کرنل ٹاڈ کا بیان ہونے کی حیثیت سے بھی اس کی غلطیاں آشکارا کی جا چکی ہیں اُوہ ان سطور میں ادرجبائی جاتی ہیں مثلاً گورا با دَل کو پدمنی کے چیکے کے رشتہ دار کہا گیا ہے چچا اور بھتیجے کا رشتہ اُن کا بتایا گیا ہے۔ یہ ہندوؤں کے معمود بھا عاشرت اور رسم و رواج سب کے خلاف ہے کہ چچا بیٹی کے گھر اُس کی سسرال میں مقیم ہو اور سمدھیانے کے ٹکڑوں پر پڑا رہے ایسے قریب کے رشتہ دار اُس آن بان کے زمانے میں چتوّڑ یعنی اپنے سمدھیانے میں مقیم تھے سرسری طور پر بھی یہ ادعا ناقابلِ قبول ہے۔ گورا اور با دَل یہ دو نوں نام اپنی اپنی نوعیت کے لحاظ سے بھی دیسی نام میں سنبھالی نہیں کرنل ٹاڈ آگے بیان فرماتے ہیں کہ :-

یکم سے کم سات سو پردہ دار پالکیاں شاہی کیمپ کو روانہ ہوئیں ہر ایک میں چتوّڑ کا ایک سُوار سوار تھا چھہ سو

مسلح سپاہی کہاروں کی وردی میں ساتھ ہوئے۔ شاہی
خیمہ گاہ کے گرد سخت پہرے تھے راجہ اور اُس کی رانی کے
درمیان الوداعی گفتگو کے لئے آدھ گھنٹے کی مہلت دی گئی۔
راجہ کو پالکی میں بٹھا کر لے آئے اور باقی پالکیوں کی مستورات
گویا پدمنی کے ساتھ دلی جانے کے لئے وہیں رہ گئیں"
"لیکن سلطان کا ارادہ بھیم سی کو رہا کرنے کا نہ تھا اور
ملاقات میں دیر بھی اس کو شاق ہو رہی تھی کہ ڈولیوں
اور پالکیوں میں سے پدمنی اور اس کی ہمراہیوں کے
عوض مسلح جانباز یکایک نکل کر ٹوٹ پڑے۔ پیچھا کیا گیا اور راجہ
کے تعاقب کا رستہ روکنے میں ایک ایک کر کے
تمام راجپوت مارے گئے۔ راجہ کے لیے ایک تیز رفتار
گھوڑا تیار تھا بھیم سی اس پر سوار ہو کر قلعہ میں سلامت
پہونچ گیا۔ قلعہ کے بیرونی دروازے پر بادشاہ کے
سواروں سے مڈبھیڑ ہوئی تو چتوڑ کے منتخب راؤ
نے حملہ کو روکا گورا اور بادل پیش پیش تھے اور اپنے

راجہ کی جان اور رانی کی آبرو بچانے کے لئے جان
لڑا رکھی تھی چتوڑ کے اِن سورماؤں میں سے بہت
تھوڑے زندہ بچے!

"علاء الدین کو دیر تک مایوسی کا سامنا رہا بہت سے آدمی
اُس کے لشکر کے مارے گئے اور ایک ہلچل مچ گئی
آخر چتوڑیوں کے یک جان ہو کر مدافعت کرنے کے اندیشے
سے بادشاہ کو اپنے مقصد سے دست بردار ہونا
ضروری محسوس ہُوا" (کرنل ٹاڈ)

ایں گُلِ دیگر شگفت! آزاد و مثنوی و فرشتہ وغیرہ کا تو متفقہ بیان
یہ تھا کہ مسلح سپاہ نے ڈولیوں میں دہلی پہونچکر راجہ کو قید سے فرار کیا
وغیرہ" کرنل ٹاڈ یا کھمان راسا سب پر فوقیت لے گئے! ان کی روایت
میں راجہ کو ڈولیوں نے آکر چتوڑ کے ہی میدان سے چھڑا لیا اور قلعے
میں واپس پہونچا دیا!!

علاء الدین کا پہلا حملہ چتوڑ کا بقول ٹاڈ اس واقعہ پر ختم ہوا دوسرے
حملہ کا حال کرنل ٹاڈ کے ہاں کھمان راسا سے اس طرح منقول ہے:۔

"اپنی قوت اور سامان کو فراہم کرکے علاء الدین دوبارہ چتوڑ پر چڑھ آیا روایت میں یہ واقعہ سمت ۱۳۴۶ بکرمی میں ہونا بیان کیا گیا ہے فرشتہ میں تیرہ برس بعد اس حملہ کا ہونا مذکور ہے۔"

"پیشتر جو نقصان ہمارا چتوڑیوں کا ہو چکا تھا اس سے ہنوز وہ پنپنے نہیں پائے تھے کہ علاء الدین نے یہ حملہ پہلے حملے سے بھی زیادہ زور شور سے کر دیا جنوبی جانب فصیل کو لے لیا اور محاصرہ ڈال کر بیٹھ گیا یہ جگہ اب تک دکھائی جاتی ہے لیکن اس کے بعد اتنے متعدد محاصرے ہو چکے ہیں کہ تمیز مشکل ہے۔"

میواڑ کے باردوں کو اپنی منظوم داستانوں کے لئے اس محاصرے کے تباہ کن نتائج میں بہت عمدہ مصالحہ شاعری اور طبع آزمائی کا مل گیا ہے۔"

چنانچہ چتوڑ کے بھاٹ لکھتے ہیں کہ:۔

"ایک شام کو حملہ آوروں کی مدافعت سے تھک کر راجہ ذرا

لیٹا تھا اور سوچ رہا تھا کہ کیوں کر سب کی جان بچائی جائے بارہ کنوروں میں سے ایک کنور تو نام اور نسل رکھنے کے لئے سلامت رہ جائے" کہ یکایک اُس خاموشی میں ایک آواز سُنائی دی کہ :- میں بھوکی ہوں! میں بھوکی ہوں!! راجہ نے نگاہ اُلٹ کر دیکھا تو سنگین ستونوں کے درمیان روشنی میں چتوڑ کی سرپرست دیبی کی شاندار صورت اُس کی طرف بڑھتی ہوئی نظر آئی! رانا نے جواب دیا :- ابھی پیٹ نہیں بھرا؟ آٹھ ہزار تو میرے قبیلے کے لوگ تیری بھینٹ چڑھ چکے ہیں! دیوی یہ جواب دے کر غائب ہوگئی کہ :- "مجھے تو راجاؤں کی بھینٹ چاہیئے! اگر بارہ کلغی داروں کا خون نہ بہا تو چتوڑ اِس خاندان سے نکل جائے گا۔"

صبح راجہ نے سرداروں کو جمع کرکے شب کی کیفیت بیان کی انھوں نے اُس کو راجہ کے دماغ پریشان

کا ایک خواب تعبیر کیا۔ راجہ نے آدھی رات گئے پھر سب
کو جمع کیا اور دیوی کا سراپا بھی پھر نمودار ہوا اور
اُسی شرط کو دُہرایا کہ "ہزاروں ملیچھ (مسلمان) مارے
جائیں مجھے کیا! ہاں روز ایک کنور کو گدی پر بٹھائیں
چنور چھتر اور مورچھل اُس کے سر پر پھرائیں تین دن تک
اُس کا حکم بجائیں چوتھے دن وہ دشمن سے جا کر لڑے
اور موت سے مقابل ہو" صرف اسی شرط پر میں اب یہاں
سر پرست رہ سکتی ہوں"
کرنل ٹاڈ لکھتے ہیں کہ :-
"معلوم نہیں کہ یہ شاعر کے تخیلات ہیں یا مدافعت کا جوش
بڑھانے کے لئے کوئی گھڑت کی گئی تھی۔ بہر حال راجپوتوں
کے عقاید کے یہ منافی نہیں۔ دیوی کا بار بار اپنا قلعہ
کا کنگورے دار تاج اپنے سر پر بحال رکھنے کا وعدہ
وہم پرست راجپوتوں کے لئے نیک تدبیر تھی اس پر
فوراً عملدرآمد ہوا۔ کنوروں میں جان دینے کے لئے

ایک سے ایک آگے بڑھنے لگا راجہ بنایا جاتا رہا اور
چوتھے دن کام آتا رہا۔ اس طرح گیارہ کنور جب مارے
جا چکے تو رانا نے کہا کہ اب میں اپنے آپ کو بھینٹ
چڑھاتا ہوں"

راجہ کو اپنے آپ دیبی کے بھینٹ چڑھانے کے لئے
آمادہ ہونے سے پہلے ایک مہیب تر قربانی یعنی جوہر کی
ظالمانہ رسم ادا کرنی باقی تھی جس میں مستورات کو آبرو کی خاطر
جلا کر خاک کیا جاتا ہے ایسے زمین دوز تہہ خانہ میں جہاں
روشنی کا گزر نہیں ہو سکتا تھا روشن کی گئی۔ چتوڑ کے سورماؤں
نے اپنی بہو بیٹیوں اور رانیوں کے جلوس کو جس کی تعداد
تیرہ ہزار بتائی جاتی ہے چتا۔۔ میں جاتے ہوئے دیکھا۔
سب سے پیچھے حسین و جمیل پدمنی تھی۔ عوام کی عورتوں کے
حفظ و آبرو کی خاطر شامل ہو جانے سے یہ جلوس ایک
انبوہ کثیر ہو گیا تھا۔ یہ سب اسی تہہ خانے میں پہنچائے گئے
اور ان کو اندر داخل کر کے دروازہ بند کر دیا گیا اور ان کی

آبرو کی حفاظت آگ کے بھڑکتے شعلوں کے سپرد کر دی گئی۔

اب رانا اور اُس کے آخری فرزند میں بحث ہوئی کہ کون بھینٹ چڑھے؟ آخر اجیسی نے باپ کا حکم مانا اور چند رفیقوں کے ساتھ دشمن کی صفوں میں سے نکل کر سلامت کیلواڑے پہنچ گیا رانا نے بقائے نسل کی طرف سے اطمینان کر کے اپنے بھائی بندوں کے ساتھ جنہیں اب زندگی میں کوئی لطف نہیں رہا تھا قلعے کے دروازے کھول کر سلطان کی فوج پر حملہ کیا اور جتنے مارے گئے اُن کو مار کر بہادری کے ساتھ لڑتے ہوئے جان دی۔"

ترک سلطان کو قلعے پر پہنچکر شہرِ خموشاں نظر پڑا ہر طرف سورماؤں کی لاشیں پڑی ہوئی تھیں اور اُس تہہ خانے سے جہاں اُس کی حسین تمنا راکھ ہوئی پڑی تھی ہنوز دھواں نکل رہا تھا۔ اُس دن سے آجتک یہ تہ خانہ ایک مقدس جگہ سمجھی جاتی ہے۔ کوئی آنکھ اُس تہ خانہ کے اندر نہیں دیکھ سکی ہے اور وہم و خیال نے

وہاں ایک مارِ گنج بھی پیدا کر دیا ہے جس کی پھنکار سے
اندر جانے والوں کے چراغ و مشعل گل ہو جاتے ہیں

(انتہیٰ بیان کرنل ٹاڈ)

کرنل ٹاڈ اور کھمان راسا کے بیان کی تنقید

ٹاڈ کا بیان کھمان راسا پر مبنی ہے اُس میں فرشتہ اور آزاد اور مثنوی پدماوت کے بیانات سے یہ بیان مختلف ہے کہ راجہ کو چتوڑ ہی کے میدان سے ڈولیاں آکر چھٹا لے گئیں۔

چتوڑ کی دیبی کا مجسم نظر آنا اور دوسری شب کو پھر بھرے مجمع میں دکھائی دینا اور "تاجداروں کی بھینٹ مانگنا" اس قدر غیر معقول ہے کہ تاریخ ہونے کا اس پر اطلاق ہی نہیں ہو سکتا۔ دیو افسانہ کہہ سکتے ہیں اور اس کی وجہ سے تمام روایت ساقط الاعتبار ٹھہرتی ہے۔

علی ہٰذا القیاس چو طرف سے بند اور گھٹے ہوئے زمیں دوز تہ خانے میں اتنی بڑی آگ روشن کیسے ہو سکتی ہے جس میں تیرہ ہزار عورتیں جوہر کر سکیں؟ اور اُس تہ خانے کو کتنا وسیع اور اُس تک پہنچنے کی سرنگ کو

کتنا چوڑا فرض کیا جائے کہ ہزارہا عورتوں کے جلوس کا اُس سے گزر جانا قرین قیاس ہو سکے؟ اور جبکہ وہ سُرنگ ہی اُس نارِ جحیم کا واحد منفذ بیان کیا جاتا ہے تو اس دوزخ کی گرم جمنی میں سے کوئی متنفس تہ خانہ کی آگ تک پہنچنے کے لئے گزر کیسے سکتا ہے؟ اُس کو تو چند قدم پر ہی جُھلس کر ڈھیر ہو جانا اور آنے والوں کا سدِ راہ بن جانا لازم ہے!

کرنل ٹاڈ کے بیان میں سب سے اہم بات یہ ہے کہ راجہ کا نام رتن سین نہیں بلکہ لکھم سی لیا گیا ہے اور اُس کے چچا بھیم سی کو پدمنی کا شوہر کہا گیا ہے۔ کرنل صاحب وہ محقق ہیں جنہوں نے راجگان چتوڑ میواڑ کا کُرسی نامہ بڑی چھان بین کے دعوں کے ساتھ مرتب کیا ہے (دیکھو صفحہ ۶۲) با ایں ہمہ کیا عجیب و طرفہ بات ہے کہ ایک جگہ وہ راجہ کا نام رتن سین بھی لکھ جاتے ہیں! یعنی اپنی ہی تحقیق پر آپ قلم پھیر دیتے ہیں!!

کرنل صاحب بھی بحوالۂ کھمان راسا چتوڑ کی پہلی ساکھا (آفت بزرگ و قتل عام) اور دوسری ساکھا کو علاء الدین خلجی سلطان دہلی کے مکرر حملات سمجھتے ہیں۔ لیکن مستند تواریخ کے مذکورہ بالا حوالوں

کے بعد علاء الدین کے پہلے حملہ کا ناکام رہنا اور دوسرے میں چتوڑ کی فتح کا اتمام ہونا اب کوئی فہمیدہ شخص نہیں مان سکتا۔

البتہ یہ مانا جا سکتا ہے کہ حملۂ علائی میں راجہ سے امان مانگ کر سلطان کی پناہ میں آجانے سے چتوڑ کا خاندان سلامت بچ گیا تھا چتوڑ اگرچہ اُس سے چھن گیا تھا لیکن دوسرے علاقوں میں راج بدستور قائم اور کھنبلیر میں گدی بنی رہی اور یہ راج اور رانا راج کھنبلہ اور رائے کھنبلہ کر کے مشہور رہا بالکل اسی طرح جیسے کہ اکبر اعظم کے چتوڑ کو فتح کر لینے کے بعد راج اودیپور کے پہاڑوں میں منتقل ہو گیا اور اب تک راج اودیپور اور رانائے اودیپور کہلاتا ہے۔

چنانچہ جب ۷۲۷ھ میں محمد تغلق شاہ کے بھانجے گشتاسپ نے جو ساغر (ساگر ممالک متوسط) کا صوبہ دار تھا تغلق مذکور کی بادشاہت اور اطاعت سے سرتابی کی اور اُس کی سرکوبی کے لئے دہلی سے فوج بھیجی گئی تو گشتاسب نے شکست کھا کر راج کھنبلہ ہی میں راجہ کھنبلہ کے پاس بھاگ کر پناہ لی تھی راجہ نے بھی کسی دوستی کی بنا پر یا قدیم سورماؤں کی آن کے مطابق کہ جو اپنی پناہ میں آئے اُس کو پناہ

دینی واجب ہو" جان پر کھیل کر گشتاسب کو پناہ دی اور اس کی وجہ سے جو کچھ اُس پر اور اُس کے خاندان پر آفت بیتی ابن بطوطہ نے اُس کو اپنے سفر نامے میں درج کیا ہے جسے ہم ذیل میں نقل کرتے ہیں اس سے چتوڑ کی دوسری ساکھا کی گتھی کھل جاتی ہے اور یہ معما یوں حل ہو جاتا ہے کہ علاء الدین کا دوسرا حملہ جس میں چتوڑ کا خاندان نیست و نابود ہو گیا علاء الدین کا حملہ نہیں تھا بلکہ محمد تغلق ثانی کا حملہ تھا جو علاء الدین کے حملے سے پچیس سال بعد کھنبلیہ میں ہوا۔ پہلے حملے میں جو لوگ بچ گئے تھے وہ سب اس میں کام آ گئے بطوطہ لکھتا ہے کہ :-

حکایت ابن بطوطہ

گشتاسپ نے راجہ کھنبلہ کے علاقہ میں بھاگ کر پناہ لی کھنبلہ اُس علاقے کا نام ہے جہاں وہ راجہ حکمراں تھا۔ یہ ملک دشوار گزار پہاڑوں میں واقع ہے اور وہ راجہ ہندو راجاؤں میں چوٹی کا گنا جاتا تھا۔ گشتاسپ کے تعاقب میں سلطان (محمد تغلق ثانی) کا لشکر بھی آ پہنچا۔

اور شہر کا محاصرہ کر لیا۔ راجہ کے پاس جب کل ذخیرہ ختم ہو گیا اور اُس کو خوف ہوا کہ اب پکڑا جاؤں گا تو گشتاسپ کو بلا کر کہا کہ

"جو حالت ہے وہ تو دیکھ رہا ہے میں نے تو اپنی جان اور خاندان کی ہلاکت کا ارادہ کر لیا ہے تو فلاں راجہ کے پاس چلا جا"

چنانچہ گشتاسپ کو اُس راجہ کے علاقے میں پہنچا دیا اور خود ایک بہت بڑی آگ روشن کرائی اپنا تمام مال اسباب اُس میں جھونک کر اپنی بہو بیٹیوں کو بلا کر کہا کہ:۔ میں تو اب مرنا چاہتا ہوں اور جس کو میری موافقت کرنی ہو کرے"

چنانچہ ایک ایک عورت غسل کر کے صندل بدن پر مل کر آتی تھی آ کر راجہ کے سامنے زمین کو بوسہ دیتی تھی اور اُس بھڑکتی آگ میں کو د پڑتی تھی اور ہلاک ہو جاتی تھی اُس کے وزیروں امیروں اور عوام سے بھی جس نے

چاہا اُس آگ میں جل کر مر گئے"

بادشاہ کا لشکر شہر میں داخل ہوا، باشندوں کو پکڑ لیا گیا راجہ کے گیارہ کنور بھی پکڑے ہوئے آئے اور بادشاہ کے سامنے پیش کئے گئے۔ سب نے اسلام قبول کر لیا۔ بادشاہ نے بھی اُن کی اصالت اور اُن کے باپ کی شجاعت کا لحاظ کرتے ہوئے اُن کو امارت کے منصب عطا فرمائے ازانجملہ تین کنوروں کو میں نے بھی دیکھا ہے ایک کا نام ناصر تھا دوسرے کا بختیار تیسرے کو مُہردار کہتے تھے۔ اس عہدیدار کے پاس بادشاہ کی مُہر رہتی تھی اور ہر ایک کھانے پینے کی چیز پر لگائی جاتی تھی۔ مُہردار کی کنیت ابومسلم تھی اور میری اُس سے نہایت دوستی ہو گئی تھی" (انتہی کلام ابن بطوطہ)

یہ تھی خاندانِ چتوڑ کی دوسری ساکھا جسے کہ ان سارے مؤلفوں نے خاص مقام چتوڑ میں جگہ دیدی حالانکہ واقعہ کمبلمیر کا ہے۔ گیارہ کنوروں کا اسلام قبول کر کے مسلمانوں میں مل جانا اور دلی کے قبرستانوں

میں گمنام سو جانا یا اُن کبیشر بھاٹوں کو معلوم نہ ہوگا یا انھوں نے اس واقعہ کے اعتراف میں اپنے راجوں کی توہین محسوس کرکے بات بنا دی کہ چتوڑ کی دیبی کی فرمایش کے بموجب گیارہ کنور بھی تاج پہن پہن کر کے رن میں کود کود پڑے اور مارے گئے۔

یہ قوم جس کا نام انگریزی میں منسٹرل، فارسی میں باد فروش، ہندی میں بھاٹ ہے، رؤسا اور امرا کی کھٹائی کرنا اس کا پیشہ ہے اسی کی روٹی کماتے ہیں۔ اپنے ججمانوں (ممدوحوں) کی ہتک حرمت کا واقعہ یا موقع جہاں ہوتا ہے وہاں بات بنا دیتے اور جھوٹ ملا دیتے ہیں بلکہ اپنی شاعری سے جھوٹ کو بھی چار چاند لگا دیتے ہیں۔ لیکن ان بھاٹوں کی داستان میں سنگلدیپ کی رانی پدمنی کہاں سے چتوڑ آن کودی؟

کھان راسا میں پدمنی

کو ہمیر سنگھ چوہان راجہ کی بیٹی اور ہمیر سنگھ کو سنگلدیپ کا راجہ کہا گیا ہے مگر اس نام کا کوئی راجہ سنگلدیپ کی تاریخ میں جو صحیح و مستند موجود ہے نہیں گزرا۔ البتہ علاء الدین خلجی کے اوائل عہد میں اس نام کا چوہان راجہ پرتھی راج کے احفاد میں سے رنتھنبور کا فرمانروا تھا جس سے

علاء الدین نے ۷۰۰ھ میں رنتھنبور کو فتح کیا۔ فتح سے پیشتر اس راجہ نے بہت سی بہشتی وش نازپستانان گلرخ کو (دیکھو بیان حضرت امیر خسروؒ صفحہ) آگ میں جھونک دیا تھا۔

یہ ہرگز قرین قیاس نہیں کہ سنگلدیپ جیسے دور دراز سمندر پار جزیرے سے کوئی لڑکی چتوڑ بیاہی آئی ہو۔ البتہ یہ بخوبی قرین قیاس ہے کہ ہمیر سنگھ چوہان راجۂ رنتھنبور کی کوئی لڑکی پدماوت نام چتوڑ کے راجہ کو بیاہی یا منگی گئی ہو۔ فتح رنتھنبور کے وقت وہ اپنے باپ کے پاس رہی ہو اور وہ بھی اُس آگ میں جھونک دی گئی ہو اور چتوڑ کی داستانوں میں اُس کا افسانہ اور نام پدماوت باقی رہ گیا ہو،

پدماوت نام ہندو راجاؤں کے خاندان میں بہت زمانے سے مستعمل پایا جاتا ہے چنانچہ پرکھی راج اور پدماوت کے نام سے ایک ہندی راسا قدیم سے چلی آتی ہے جس کا ایک نسخہ برٹش میوزیم کے کتبخانہ میں موجود ہے،

ملک محمد جائسی کی مثنوی میں پدماوت کو سنگلدیپ کا تحفہ بیان کیا گیا ہے۔ سو جن کبیشروں نے کھمان راسا کے مواد کو (بقول کرنل ٹاڈ)

اکبر اعظم کے عہد میں از سرِ نو ڈھالا سنگلدیپ کی دلچسپ شاعرانہ و طبیعت ملک محمد جائسی کی مثنوی سے لیکر دختر ہمیر سنگھ چوہان سے منسوب کر دی جو علاءالدین کا ہمعصر رنتھنبور کا راجہ تھا۔ اس پر علاءالدین کے البتہ ۲ دو حملے ہوئے تھے پہلے میں اُس کا سالار سپہ محاصرہ اُٹھا کر چلا گیا تو علاءالدین نے جھلا کر خود چڑھائی کی۔ انجام رانیوں کے جوہر اور راجہ کے قلعے سے اُتر کر کٹ مرنے پر ہوا۔ پس گویا یہ داستان رنتھنبور کی ہے جس کا رنتھنبور کے مٹ جانے پر جن بھاٹوں نے چتوڑ میں بنا ہوا ہی مرثیہ بنایا اور کھمان راسا کی تدوین میں بالآخر اس کو شامل کر لیا گیا!

مثنوی کا اثر کھمان راسا پر

کیونکر پڑا؟ اس کو اس طرح سمجھا جاسکتا ہے کہ مثنوی کی شہرت اکبر اعظم کے عہد میں نصف النہار پر تھی یہاں تک کہ اکبر کو مصنف علیہ الرحمہ کے دیکھنے کا شوق ہوا اور اُن کو جائس سے بلا کر ملاقات کی مگر وہ ایسے بدرو اور کانی کھدری شکل کے تھے کہ اکبر کو اُن کی صورت پر ہنسی آگئی! آپ نے برجستہ کہا کہ:- بابا! ماٹی پر ہنستا ہے یا بنانے والے کمہار پر؟

اُن کی مثنوی کی زبان اُس عہد کی زبان تھی اکبر اور اُس کے

امیر اُمرا رانیاں اور بیگمات سب اُسے سمجھتے بولتے بلکہ اُس میں اشعار کہتے تھے مثنوی کے مصرعے اور مضامین عام اور خاص سب کی زبانوں پر چڑھے ہوئے تھے چنانچہ بیگم نورجہاں کی زبان سے ایک مصرع مثنوی کا توارد پاکر فارسی میں بے ساختہ ترجمہ ہوگیا ہے (دیکھو صفحہ ۱۳ سطر ۱)

عجب نہیں جو اس مثنوی میں علاء الدین کی فتح چتوڑ کی مثال و تقلید پر اکبر کا حملۂ چتوڑ بھی عمل میں آیا ہو اور یہ مثنوی اس فتح کی طرف اکبر کا خیال رجوع کرنے کا موجب ہوئی ہو۔ بہرکیف اکبر نے اُس کو فتح کر کے اپنی ایک ولایت قرار دیا اور اُس کے صوبہ دار وہاں رہنے لگے۔ بالضرور اُس کے امرائے لشکر اور عہدہ داروں کے سامان کے ساتھ مثنوی نے بھی میواڑ کے حدود میں قدم رکھا چونکہ زبان اُس کی وہی تھی جسکو میواڑی خوب سمجھتے تھے بہت جلد مقبول ہوگئی۔ مع ہذا پدمنی کا جو ذکر اُس میں مذکور ہے چتوڑ کی لوکل داستان (کھمان راسا) میں اُس کا کوئی وجود نہ تھا کہ وہ خود مثنوی میں بھی ایک من گھڑت فرضی اور خیالی افسانہ تھا۔ لیکن چونکہ راجگان چتوڑ کے ہی حرب و ضرب و شجاعت و نیز و ناموری کی داستان تھی لہذا کھمان راسا میں اُس کے عدم وجود کو ایک

تاریخی بیان کی فروگذاشت سمجھ کر راسا میں جگہ دینی ضرور ہوئی۔ اسی کو کرنل ٹاڈ نے کھمان راسا کے مواد کو اکبر اعظم کے عہد میں از سرِ نو ڈھالے جانے سے تعبیر کیا ہے مگر

جھوٹ کے پاؤں نہیں ہوتے مثنوی سے جو مضامین ضروری حک و اصلاح کے ساتھ اخذ کر کے راسا میں چسپاں کئے گئے صحیح تاریخ کی کسوٹی پر کسنے میں راسا کا یہ حصّہ تانبا دے جاتا ہے یعنی کھوٹا نکل جاتا ہے۔ مثلاً پدمنی کا وطن سنگلدیپ ہونا اُس کا وہاں سے بیاہ کر چتوڑ لایا جانا، علاءالدین کا عزمِ جہانگیری سے نہیں، بلکہ پدمنی کے عشق و اشتیاق میں چتوڑ پر حملہ آور ہونا، پہلے حملے کا اس مقصد میں ناکام رہنا، آئینے میں صورت دیکھنا، راجہ کو بفریب قید کر لینا، ڈولیوں میں سپاہ کا بحیلۂ پدمنی جانا اور راجہ کو چھڑا لانا، سلطان کا جھک مار کر ناکام واپس جانا اور پھر دوبارہ حملہ آور ہونا۔ چتوڑ کو اب کی بار تہِ تیغ و تاراج کر ڈالنا، مستورات کا جوہر کر لینا اور مردوں کا لڑ کٹ کر مر جانا، صحیح تاریخ کی روشنی میں کھمان راسا کے یہ سب ادّعا ایسے ہی خلاف واقعہ اور فرضی افسانہ ثابت ہوتے ہیں، جیسے کہ مثنوی کے یہی سب عنوانات اور بیانات

پدمنی کا عشق علاءالدین سے

چھپ جانے کی روایت کی تہ میں اگر کچھ "چیزے" ہو سکتی ہے تو یہ ہو سکتی ہے کہ علاءالدین سے ملتے جلتے نام اور اسی لقب کا ایک سلطان غیاث الدین خلجی۔ (علاءالدین کے دو ڈھائی سو برس بعد) ملک مالوہ میں گزرا ہے مانڈو جو اب اجڑا پڑا ہے اُس کا پایہ تخت تھا اور حدود سلطنت سے چتوڑ کی ریاست کے ڈانڈے جا بجا ملے ہوئے تھے اکثر باہم محاربات رہتے تھے اگرچہ یہ سلطان بہت نیک دل، نمازی، تہجد گزار، رحیم کریم اور سخی دا تا رتاریخ میں مذکور ہوا ہے کوئی بات اُس کے دربار میں نامشروع نہیں ہونے پاتی تھی نہ کسی نشے کی طرف اُس کو رغبت تھی، لیکن فرشتہ لکھتا ہے کہ:-[۲]

"اُس کو خوبصورت خوبصورت عورتوں کے جمع کرنے کا عجیب شوق تھا۔ ہزاروں خوبصورت عورتوں کا ایک شہر بسایا تھا کسی بدصورت کا گزر منع تھا عورتیں ہی امیر، وزیر، قاضی مفتی، کوتوال، محتسب، خزانے دار اور جملہ عہدوں پر مامور

تھیں۔ عورتیں ہی دکانداری، نجاری، آہنگری، پہلوانی، شعبدہ
بازی، غرض جملہ صنعتوں اور پیشوں کو انجام دیتی تھیں۔ راجاؤں
کی بیٹیوں اور امیروں کی دختروں کو زنانے میں وہی سب بڑے
بڑے منصب خطاب اور عہدے تھے جو باہر راجاؤں اور
امیروں کو۔ ایک دستہ ترک عورتوں کا بلباس مردانہ و
سلاح سپاہیانہ لشکر کا میمنہ (دایاں بازو) اور ایک دستہ
حبشی عورتوں کا میسرے پر (بائیں طرف) مقرر تھا نیزے
لئے ترکش لگائے کمر بستہ کھڑی رہتی تھیں۔

اگرچہ ہزارہا حسین عورتیں اُس کے شہر حسن آباد میں
جمع ہوگئی تھیں اور بڑھتی ہی دولت تھی اُن کے فراہم کرنے
کے لئے آدمی چھوٹے ہوئے تھے پھر بھی سلطان کو یہی حسرت
تھی کہ جیسے حسن اور صورت کو دل چاہتا ہے ہنوز میسر نہیں
آئی"۔ آخر اُس کے ایک مقرب مصاحب نے بیڑا اُٹھایا
کہ وہ بادشاہ کے واسطے حسین ترین عورت (پدمنی) تلاش
کر کے لائے گا"۔ چنانچہ اُس کی تلاش میں دیس بدیس مارا پھرا

آخر مایوس ہو کر پلٹا جب اپنے بادشاہ کے علاقے میں واپس قدم رکھا تو کسی موضع میں ایک دوشیزہ جاتی ہوئی نظر پڑی جس کی رفتار و قامت ہی پر یہ حیران رہ گیا۔ سامنے سے صورت دیکھی تو اپنے مطلوب سے بھی بہتر پائی۔ آخر وہیں رہ پڑا اور جس حیلے سے بھی ہو سکا اُس حسینہ کو اُڑا کر بادشاہ کی خدمت میں لا پہنچایا۔ بادشاہ بھی نہایت خرسند ہوا اور بیش قرار صلہ مرحمت فرمایا۔ اسی اثنا میں اُس دوشیزہ کے ورثا بھی فریاد کرتے ہوئے پہنچے اور سرِ راہ بادشاہ سے اُس شخص کے خلاف داد چاہی" بادشاہ وہیں ٹھیر گیا اور علماء سے بُلا کر کہا کہ اصل مجرم میں ہوں، جو حکم شرع ہو مجھ پر جاری کیا جائے" ورثا کو جب یہ معلوم ہوا کہ لڑکی بادشاہ کے محل میں ہے تو اُنھوں نے اس کو اپنا باعثِ شرف و سعادت سمجھ کر بادشاہ کو بخوشی معاف کر دیا۔"

(ماخوذ از فرشتہ)

ضرور ہے کہ اِس سلطان کی حُسن پرستی اور حسین ترین عورت

یعنی پدمنی کی تلاش و جستجو کے چرچے اُس دیار میں جس میں چتوڑ کا علاقہ بھی ہمسایۂ قریب تھا، دور و نزدیک مشہور ہوئے ہوں گے اور اُن پر حاشیے چڑھ کر گیت اور افسانے بنے ہوں گے ممکن ہے کہ کوئی داستان دکھنا، لوکل زبان میں حضرت ملک محمد جائسی کے ہاتھ پڑ گئی ہو اور اُنھوں نے اُس کو اپنے علم و فضل کے خزینے سے اور زیادہ آب و تاب و جلا دیکر مثنوی پدماوت کے قالب میں ڈھال لیا ہو اُن کی اِس شروع کی بیت میں کہ؎

آدھ انت جس کتھا اہی کی چوپائی بھاکا کہی

کوئی اشارہ اگر واقعی ہوسکتا ہے تو ایسے ہی کسی قصے کی نسبت سمجھا جاسکتا ہے جسے وہ سلطان کے خلجی لقب ہونے کی وجہ سے سلطان علاء الدین خلجی کا قصہ سمجھ گئے کہ خلجیوں میں وہ سب سے عظیم الشان، اور معروف ترین گزرا ہے۔

بہرحال قصے کا لُبِ لُباب یعنی پدمنی کا عشق اور اُس کے دیکھنے کا اشتیاق اگر قرینِ قیاس اور منسوب ہوسکتا ہے تو غیاث الدین خلجی مالوی سے جس کی حُسن پرستی اور جستجوے پدمنی کی حکایت تاریخ فرشتہ

سے اوپر نقل کی گئی

چتوڑ کے ایک ہندی کتبے کی شہادت

مذکورہ بالا قیاس یقین کی حد تک پہنچ جاتا ہے کیونکہ چتوڑ کے ایک ہندی کتبے سے (جو راج اودیپور کے آثار قدیمہ میں محفوظ ہے اور "اکلنگا جی کے کتبے" کے نام سے موسوم) پتا چلتا ہے کہ کسی بادل گورا نامی سردار نے مانڈو کے غیاث الدین خلجی سلطان (مالوہ) کو سمت ۱۵۴۵ (مطابق ۱۴۸۸ء) میں اس جگہ نیچا دکھایا، "سینکڑوں مسلمان روزانہ قتل کئے" جس جگہ سے قتل کئے وہ برج قلعہ بھی "بادل سرینگا" کے نام سے آج تک باجتا ہے"

اس کتبے سے میواڑ کے محققین نے یہ نتیجہ نکالا ہے کہ ملک محمد جائسیؒ کی مثنوی پدماوت میں جو گورا بادل نام کے دو سردار مذکور ہوئے ہیں وہ حقیقت میں ایک شخص یعنی یہی گورا بادل ہے جس کا نام کتبے میں لیا گیا ہے۔" گورا میواڑ کے ایک قبیلے کا نام ہے۔

مگر چونکہ کتبے میں سمت واقعہ بھی مطابق ۱۴۸۸ء کندہ ہے

اور رتن سین خلف رانا سانگا بھی تقریباً اسی عہد میں گزرا ہے لہٰذا یہ نتیجہ بھی صریحاً نکلتا ہے کہ علاءالدین خلجی سلطان دہلی کو تو مرے ہوئے اُس وقت پونے تین سو برس ہو چکے تھے البتہ سلطان غیاث الدین خلجی اُس وقت مالوے کے تخت پر اور رتن سین کا ہمعصر تھا کتبے کے بموجب گورا بادل نے نیچا بھی اُسی کو دکھایا نیز فرشتہ کے منقولہ بالا بیان سے ثابت ہو کہ راجاؤں کی حسین حسین بیٹیاں لے کر اُس نے اپنے شہر حسن آباد میں مجتمع اور بڑے بڑے عہدوں پر مقرر کر رکھی تھیں اس پر بھی حسین ترین عورت یعنی پدمنی کو دیکھنے کی بے حد و حساب آرزو اُس کو تھی لہٰذا وہ قصہ جو مثنوی پدماوت میں مذکور ہوا ہے خلجی سلطان مالوہ سے باحسن وجوہ منسوب ہو سکتا ہے نہ کہ سلطان علاءالدین خلجی سلطان دہلی سے جس کی ہڈیاں بھی اُس وقت گل سڑ چکی ہوں گی؟

شاید اِس خلجی سلطان مالوہ کو کسی نے چتوڑ کے رانا کے محل میں پدمنی کے وجود کی خبر دی، اِس نے اِس کے دیکھنے کے اشتیاق میں چڑھائی کی، محاصرے میں گورا بادل نے اِس کے دانت کھٹے کیے، مگر چونکہ یہ بھی ایک بڑا طاقتور سلطان تھا، آخر صلح پر فیصلہ ہوا اور

رانی کو آئینے میں دکھانے کی شرط ٹھیری اور یہ قلعہ پر جا کر آئینے میں صورت دیکھ کر اپنی آرزو پوری کر کے چلا آیا" واقعہ اس قدر دلچسپ تھا کہ اس پر قصے افسانے بن گئے اور حاشیے چڑھ گئے شاعروں کے قلم نے خصوصاً مثنوی پدماوت کے مصنف نے اس میں اور طرح طرح کے رنگ ملا دیئے چنانچہ باقی کہانی بھی :- رانا کو قلعے سے بغرض ہمراہ اُتار لانا، زیر تسلط پہنچکر اسے قید کر لینا۔ قلعے کے سورماؤں کا ڈولیوں میں پدمنی کی سواری کے بہانے آکر اس کو چھڑا لیجانا، سلطان کا اُس وقت طرح دیجانا اور دوبارہ آکر از سرِ نو حملہ آور ہونا اور قلعے کا تخس نخس اُڑا دینا۔ کچھ کذب و افترا اور کچھ کذب حق نما سمجھا جا سکتا ہے۔

خلجیانِ مالوہ کے ہاتھ سے چتوڑ کے رانا سانگا اور رتن سین نے بار ہا شکستیں کھائیں لیکن کوئی رانا کبھی ان کے ہاتھ سے اتنا تنگ نہ ہوا کہ رانیوں نے جوہر کر لیا ہو سردار ٹھاکر کنور اور رانا بھی اس جوہر کے بعد کٹ مرے ہوں۔ یہ سب مصالحے واقعہ کو رنگ کر دلچسپ تر کرنے کے لئے ملائے ہوئے ہیں :- کچھ علاء الدین خلجی کے محاربے سے لئے گئے ہیں مثلاً چتوڑ کا گڈھ چھوڑا ہونا۔ کچھ محمد تغلق کی (گستاسپ کے لئے)

راجہ کھنبلہ پر فوج کشی یعنی خاندانِ چتوڑ کی دوسری ساکھا سے جس میں رانیوں نے جوہر کر لیا راجہ اور سردار سب کٹ مرے اور گیارہ کنور بھی مسلمان ہو کر کالعدم ہو گئے پھر رائے سین اور سلہدی کے واقعات سے جس میں بہادر شاہ گجراتی کی چڑھائی، راجہ کے رنواس کو قبضہ میں لانے کے لئے عمل میں آئی راجہ بادشاہ کی قید میں آکر چتوڑ کی بیٹی رانی درگاوتی کے حسن تدبیر سے پھر فرار ہو کر قلعہ پر جا پہنچا رانی نے عقلمندی میں نام کیا اور پھر رہتاس کی فتح شیر شاہ سے جس میں ڈولیوں کے پردے میں فوج نے پہنچکر کام کیا۔

بہر حال سلطان علاء الدین خلجی سلطان دہلی سے پدمنی کی آرزو کو منسوب کرنا سرتا پا افترا اور اختراع ہے اس کے حملۂ چتوڑ میں کسی پدمنی کا سوال مضمر نہ تھا۔ زوجۂ غیر پر نظر بد کرنا اُس کے قانون کے خلاف تھا۔ سچ یہ ہے کہ وہ زوجۂ غیر پر نظر بد کرنیوالوں کا سخت ہی دشمن تھا ایسا دشمن کہ صفحۂ تاریخ پر کیا، دنیا میں کوئی نہ گزرا ہوگا۔ زانی کو خصی کر دینے کا حکم دیدیا تھا چنانچہ اس بارے میں قاضی مغیث الدین دہیانہ کے قاضی، سے اُس نے جو بحث و گفتگو کی ذیل میں بجنسہ نقل ہوتی

ہے قاضی سے سلطان نے فرمایا :-

"ماہمچو تو نیز مسلمانیم و مسلمان زادہ ایم - اینکہ سیاستہائے عظیم زمانم
ملک آرام نمی گیرد مردم براہ مستقیم نمی آیند چوں فساق و فجار
در زنا حریص اند بزجر و ضرب و قید و حبس ممنوع نمی شوند
بواسطۂ عبرت، با آنکہ نامشروع است ازانی را خصی می کنم و
ازانکہ قصد و نیت من رفاہیت خلق اللہ است، امید
دارم کہ حق سبحانہ و تعالیٰ گناہم بخشد و در توبہ نیز
کشادہ است" (منقول از تاریخ فیروز شاہی)

یہ عجائبات اتفاق میں شمار ہونے کے لایق ہے کہ زانی اور زنا کے ایسے سخت دشمن پر یہ الزام ہو کہ خود اُس نے چتوڑ کے رانا سے اُس کی رانی کو چھین کر لے لینے کی یہاں تک سعی کی کہ ہزار ہا انسانوں کا خون بہا دیا، چتوڑ پر مکرر چڑھائیاں کیں اور شوہر مطلوبہ پر ناقابل بیان ظلم و ستم توڑے صرف اس لئے کہ رانا اپنی رانی کو بلا کر اُس کی بغل میں سُلا دے ! سلطان علاء الدین خلجی پر یہ گمان بھی نہیں ہو سکتا کہ وہ صرف ناصح دیگراں تھا دوسروں کو زنا سے منع کرتا ہوگا لیکن یہ

ضرور نہیں کہ خود بھی اس سے باز رہتا ہو"

مگر اطمینان رکھنا چاہیئے کہ علاء الدین اُن بادشاہوں میں نہ تھا جو کسی امر کے ارتکاب سے رعایا کو منع کریں اور خود اُس کے مرتکب رہیں چنانچہ جب اپنے کوتوال نمک حلال یعنی علاء الملک کے مشورہ سے نصیحت پذیر ہو کر سلطان نے خلق اللہ کو حکم ترک شراب کا دیا ہے تو فرشتہ مؤرخ ناقل ہے کہ بادشاہ نے :۔

اوّل اپنا عیش خانہ یعنی مجلس شراب بالکل برطرف کردی اپنی نفیس نفیس شرابوں کے خم کے خم بدایوں دروازے کے آگے لنڈھوا دئے اور زرینکتی کے آلات و ظروفِ طلا و نقرہ سب گلا کر اُن کے روپے اشرفیاں ڈھال لیں!

حسن اتفاق سے علاء الدین کے عہد کے واقعات ایسی مثال سے بھی خالی نہیں کہ غیر کی حسین و جمیل منکوحہ جنگ کے قیدیوں میں اُس کے ہاتھ آگئی ہو اور اُس کے قبضہ میں یہاں تک پہنچ گئی ہو کہ خاص حرم سرائے سلطانی میں موجود ہو لیکن سلطان نے اُس پر ہم آغوشی کے لیئے زبردستی کرنے سے اجتناب رکھا تاآنکہ اُس نے خود اپنی

مصلحت اندیشی سے مسلمان ہو کر سلطان سے باقاعدہ شرعی تعلق منظور نہ کر لیا۔

یہ حسینہ گجرات کے راجہ کرن کی مشہور و معروف رانی کنولا دیوی تھی۔ فتح گجرات کے سلسلہ میں دیگر تحائف و اموال غنیمت کے ساتھ سلطان کے حضور میں سرِ دربار پیش کی گئی۔ سلطان نے یہ معلوم کرتے ہی کہ یہ راجہ کرن کی زوجہ ہے، اُس کو فوراً محل میں لیجانے اور باعزاز و آرام تمام رکھنے کا حکم دیا چنانچہ وہ معہ اپنی خدمتگاروں ہمراہیوں کے محل میں پہنچا دی گئی۔ عام شرع میں جنگ کی قیدی عورتیں کنیز اور جائز سمجھی جاتی ہیں۔ سلطان چاہتا تو اُس کو روزِ اول سے ہی کنیز بنا کر ڈال لیتا لیکن اُس نے ایسا نہیں کیا تاوقتیکہ وہ مسلمان ہو کر نکاح سابق سے شرعاً آزاد اور فعل مختار نہ ہو گئی۔

رانی کے گجرات سے تسخیر گجرات کے ہنگام میں اسیر ہو کر دہلی آنے، دربار میں قیدیوں کے ساتھ پیش ہونے، پاسِ حرمت سے فوراً محل میں بھیج کر باعزاز تمام رکھے جانے اپنی ہموطن ہمراہی عورتوں اور بڑی بوڑھیوں کے سمجھانے سے سوچ سمجھ کر راضی ہو کر اسلام

لانے اور سلطان کے عقد نکاح شرعی میں باقاعدہ داخل اور ملک گجرات کی رانی سے ایک ملکۂ جہاں ہو جانے کی تصدیق امیر خسرو کی مثنوی دِوَل رانی خضر خاں سے ہو سکتی ہے جو اسی عہد کی معتبر تصنیف ہے
پروفیسر حبیب۔ صدر شعبۂ تاریخ مسلم یونیورسٹی علی گڑھ نے حضرت امیر خسرو کی تاریخ علائی یعنی خزاین الفتوح کا انگریزی میں نہایت قابلیت سے ترجمہ کر کے شائع کیا ہے اور اُس نادر فارسی تاریخ کے معانی اور مضامین کا دروازہ انگریزی خوانوں پر کھول دیا ہے۔

اِس ترجمہ میں فتح چتوڑ کے حالات کے تحت فرشتہ کا بیان قصۂ پدمنی بھی فارسی سے ترجمہ اور نقل کر کے یہ رائے ظاہر کی ہے کہ حضرت امیر خسرو کے بیان واقعہ کے مقابلہ میں فرشتہ کا یہ بیان مشکل ٹھہر سکتا ہے"

ان کے ترجمے سے برسوں پیشتر ہمارا یہ مقالہ لاہور کے ایک سالہ "بہارستان" نامی میں عرصے تک ماہوار شائع ہوتا رہا اور اُس کی اشاعت نے پدمنی کے اِس مشہور رادر فرشتہ میں مذکور قصے کی طرف بہت سے تاریخدانوں کے نہ صرف کان کھڑے کئے بلکہ کان کھول دئے تھے۔ از انجملہ پروفیسر حبیب بھی ہیں اِس مقالے کی تحریر اور قصہ کی تحقیق سے ہماری غرض دغایت یہی تھی کہ تاریخ کی اِس غلطی کی آئندہ اصلاح

ہو جائے اور اس دروغ کی جس کو اس قدر فروغ مصنف پدماوت اور مؤرخ فرشتہ نے دیا قلعی کھل جائے۔ لہذا خزاین الفتوح کے انگریزی ترجمے میں پروفیسر حبیب کے مذکورۂ بالا اظہار رائے سے ایک گونہ مسرت ہوئی تھی لیکن آگے چل کر تحت ترجمۂ الفاظ:- "قلعے نے، راز کو نہاں رکھا" پروفیسر موصوف کے یہ الفاظ دیکھ کر سخت حیرت ہوئی کہ "راز سے مراد شاید مشہور زمانہ پدمنی ہے" تمام یوسف زلیخا پڑھ جانے کے بعد پروفیسر موصوف کا یہ اظہار شک اس سوال کا مرادف ہے کہ زلیخا مرد تھی یا عورت؟

لفظ "راز" اور حضرت امیر خسروؒ کے بعض دیگر الفاظ سے یہ شک جس کا پروفیسر حبیب شکار ہو گئے رسالہ بہارستان میں اول ہمیں نے خود اٹھایا تھا لیکن ساتھ ہی معقول تردید بھی کر دی تھی جو اس مقالے کے صفحات ۵۶ لغایت ۶۱ پر مکرر ملاحظہ طلب ہے۔

پروفیسر حبیب کو شک یاد رہا اور تردید بھول گئی جس سے لازم آیا کہ پروفیسر موصوف علاء الدین کے حملۂ چتوڑ میں کسی پدمنی کا سوال مضمر ہونے کے بھی تھوڑے سے قائل ہیں یعنی اس لفظ سے پدمنی کا وجود قلعے کے اندر ماننے کی طرف مائل ہیں،

اگر پروفیسر حبیب اسکی کچھ بھی حقیقت تسلیم کرتے ہیں تو پھر مؤرخ فرشتہ کے بیان قصہ کو کیوں یادر ہوا لکھتے ہیں؟ بلکہ فرشتہ کا بیان آپ کے رجحان سے غلطی میں بہتر ہے کہ وہ سلطان کے عزم جہانگیری اور کوتوال کے مشورے سے آگاہی کی بنا پر

اُس حملے میں کسی پدمنی کا سوال مضمر ہونا تسلیم نہیں کرتا بلکہ اس سوال کا فتح چتوڑ کے مدت بعد جبکہ راجہ دہلی میں سلطان کی قید میں تھا درمیان میں آنا تحریر کرتا ہے آپ ابتدائے حملہ ہی میں لفظ راز سے پدمنی کے قلعے میں ثبوت لہذا حملے کے اُسی کے خاطر عمل میں آنے کے اثبات پر مائل نظر آتے ہیں!

ہم اِس سے زیادہ کیا تردید کرسکتے ہیں جو اس لغو و باطل قصے کی اس مقالے میں طرح طرح اور ہر ہر پہلو سے بار بار کر چکے ہیں۔ یہاں حضرت امیر خسرو علیہ الرحمہ کے اُس فقرے کو جس میں لفظِ راز واقع ہوا ہے کھول کر بیان کر دیتے ہیں حضرت کا فحوائے کلام یہ ہے کہ فلک پایہ ۔

"چتوڑ کا قلعہ جو آسمان سے باتیں کرتا تھا گویوں کی بھرمار سے بیٹھ جانا چاہتا تھا لیکن وہیں (آسمان پر) مسجد اقصٰے میں حضرت عیسیٰ تشریف رکھتے تھے اُنھوں نے اُس کو ڈھارس دی کہ تیرے اندر عنقریب تعمیر دینِ محمدی (جامع مسجد علائی جو بعد فتح چتوڑ میں تعمیر ہوئی اور آثار اُس کے ہنوز باقی ہیں) ہونے والی ہے قلعہ جو بدحالی سے بیٹھنے کو تھا بشارت عیسوی سے اُس میں جان آگئی اپنی جگہ پر قائم اور اُس راز (نوید مسیحا) کو چھپائے رہا۔"

ایک اور ہمعصر و معتبر مورخ کی تازہ سند

نظم فارسی میں مسلم فاتحین ہند کا ایک نایاب شاہنامہ جو بسر پرستی و فرمائش سلطان علاء الدین حسن گنگو بانی خاندان بہمنان دکن، سنہ ۷۵۱ ہجری میں نظم ہوا ہے کتب خانۂ برٹش میوزیم میں پایا گیا اور آگرے سے چھپ کر حال ہی میں شائع ہوا ہے شاہنامے کا نام فتوح السلاطین ہے منظوم کرنے والا عصامی تخلص کوئی دہلوی شاعر ہے جو سلطان محمد تغلق کے جبراً دہلی کو دولت آباد دیوگیر لیجا کر آباد کرنے پر دکن میں مقیم تھا خلجیوں کے عہد کو بچپن میں اُس نے خود بھی دیکھا تھا اور اُس عہد کے معاصرین سے بھی اُس کو واقعات کا تحقیقی علم ہونا یقینی ہے چتوڑ کے متعلق اُس کی ابیات یہ ہیں:-

شہنشاہ سپہ را بچتوڑ راند　زہر سو جوئے خون ہندو فشاند
بچتوڑ چوں خیمہ زد شہریار　کہ دارد یکے سخت محکم حصار
درو ہم سنور سی گزیں بود رائے　بے ہشت با شاہ قلعہ کشائے

لہ شاہنامہ مولانا عصامی موسوم بہ فتوح السلاطین مرتبہ ڈاکٹر آغا مہدی حسن ام - اے ذخیرہ آف آگرہ کالج، آگرہ -

به پیچید مانده و فرود از حصار — همی کرد هر روز و شب کارزار
پس از هشت مه خواست از شه امان — بداد شه امان خسرو کامران
فرود آمد از حصن و بوسید پائے — به دو خلعتے داد فرمانروائے
پس آنگه شاهین شه زود شکار — که بودے پسر خوانده شهریار
ملک نائبش کرد خسرو خطاب — غلامے گزین بود آں کامیاب
بفرمان خسرو بچتوڑ ماند — ز چتوڑ پس شه سوئے شهر راند

ترجمہ "بادشاہ نے چتوڑ پر چڑھائی کی۔ ہر سمت ہندؤں کا خون بہایا چتوڑ میں جب خیمہ زن ہوا تو وہاں ایک سخت مستحکم قلعہ تھا جسمیں سنورسی نامی راجہ تھا جو آٹھ مہینے بادشاہ قلعہ کشا سے اتر اتر کر آویزشیں کرتا رہا اور راتدن لڑتا رہا، آٹھ مہینے بعد امان کی درخواست کی، اور بادشاہ نے بھی اُسے امان دیدی۔ قلعے سے اُتر کر اُس نے بادشاہ کے قدم چومے، اور بادشاہ نے اُسے خلعت سے سرفراز کیا؛ زاں بعد شاہین بہادر غلام کو جو بادشاہ کا منہ بولا بیٹا تھا ملک نائب (ویسرائے) خطاب دیکر چتوڑ میں چھوڑا اور خود دہلی کو واپس ہوا"

اس سے راجہ کا نام سنورسی (جسے چتوڑ کی سمرسی سمرسین اور سمر سنگھ کہتے ہیں) تحقیق ہوگیا، لکھم سی اور بھیم سی اور رتن سین یہ سب نام جو ٹنوی فرشتہ اور ٹاڈ اور کھمان راسا میں مذکور ہیں غلط ثابت ہوئے یہ بھی یقینی طور پر معلوم ہوا کہ راجہ کو

خلعت ملا وہ سرفراز ہوا۔ غالباً اس کی ریاست کا کوہستانی علاقہ تمام اُس کو واپس دے کر صرف چتوڑ جو بڑا نامی اور خطرناک قلعہ تھا قبضے میں رکھ لیا گیا۔ یہ بھی مستنبط ہوتا ہے کہ کوئی جوہر نہیں ہوا کیونکہ جوہر اسوقت ہوتا ہے جبکہ راجہ بھی مرنے کی ٹھان لے جیسا کہ رنتھنبور، رائسین جالور اور کھنبلہ کے جوہروں کی شہادت سے ظاہر ہے کہ جوہر کے بعد راجہ خود بھی بیدریغ ہوکر لڑکر فنا ہو گئے۔ یہ خلاف قیاس ہوگا کہ چتوڑ کے راجہ نے خاندان کو آگ میں جھونک کر خود بادشاہ سے آکر پناہ مانگ لی اور اپنی جان بچالی!

اب یہ سوال باقی رہتا ہے کہ چتوڑ پر چڑھائی اگر پدمنی کے لئے تھی تو پدمنی کا کیا حشر ہوا۔ آیا وہ سلطان کے حوالے کر دیگئی یا نہیں کی گئی؟ اس کی بحث ہم گذشتہ صفحات میں مفصل کر آئے ہیں۔ اُن صفحات کو دیکھ لینا چاہئے اُنہیں دوہرانا ضروری نہیں۔

اس شاہنامے سے چتوڑ کے متعلق خزائن الفتوح کی نسبت چند باتیں اور معلوم ہوگئیں یعنی راجہ کا نام راجہ کا امان مانگنا اُسے خلعت دیا جانا اور قلعہ کا حاکم شاہین کو مقرر کرکے چلا جانا۔ آیندہ غیاث الدین تغلق اور محمد تغلق کے

عہد کی ابیات سے چتوڑ کے قلعے کا بھی بدستور اسلامی تسلط میں مسلمان گورنروں کے تحت وحکومت میں بالاستقلال موجود ہونا قطعی طور پر ثابت ہو۔ پس فرشتہ کی یہ حکایت بھی کہ عہد علائی ہی میں چتوڑ راجہ کے بھانجے کو عطا ہو گیا از سرتاپا غلط اور بے بنیاد رہ جاتی ہے۔

ہماری اس تحقیقات کی روشنی میں آئندہ اس عہد کی تاریخوں میں سے اس قصے کا ذکر کو نکال دینا چاہئے اور راج ادیپور کو بھی اپنی تاریخ کو صحیح کرنا واجب ہے۔ اگر قصہ صحیح مانا جائے تب بھی سلطان علاء الدین خلجی پر بالکل صادق نہیں آتا سلطان غیاث الدین خلجی (سلطان مالوہ) پر البتہ سچا ہے کہ اُس کو پدمنی کے دیکھنے کا بہت شوق تھا ساتھ ہی متشرع یعنی شرع کا بہت پابند بھی تھا جس میں غیر کی زوجہ پر نظر ڈالنا حرام یعنی گناہِ سخت ہے۔ لہذا اس نے شرع کے حکم سے بچنے کے لئے کسی چتوڑ کی رانی کو جس کا نام پدماوت رہا ہو (یا جو حسن کے سبب پدمنی مشہور رہی ہو) آئینے میں دیکھنے کی ترکیب نکالی ہو اور چتوڑ کے رانا نے دوستی سے یا جبراً مجبور ہو کر صورت دکھادی ہو تو عجب نہیں۔ اسی سلطان کے عہد اور جنگ میں بادل کا نام بھی اِکلنگا جی کے کتبے میں آیا ہے۔ ہو نہ ہو یہ قصہ سلطان خلجی مالوی پر ہی زیب دیتا ہے۔

تمام شد افسانۂ پدمنی من تحقیقات
مولوی احتشام الدین ایم اے دہلوی سنہ ۱۹۳۹ء